버터 향 기억의 퍼즐

버터 향 기억의 퍼즐

발행일   2019년 7월 24일

지은이   김경진
펴낸이   손형국
펴낸곳   (주)북랩
편집인   선일영   편집   오경진, 강대건, 최예은, 최승헌, 김경무
디자인   이현수, 김민하, 한수희, 김윤주, 허지혜   제작   박기성, 황동현, 구성우, 장홍석
마케팅   김회란, 박진관, 조하라, 장은별
출판등록   2004. 12. 1(제2012-000051호)
주소   서울시 금천구 가산디지털 1로 168, 우림라이온스밸리 B동 B113, 114호
홈페이지   www.book.co.kr
전화번호   (02)2026-5777   팩스   (02)2026-5747

ISBN   979-11-6299-805-2 03810 (종이책)   979-11-6299-806-9 05810 (전자책)

이 도서의 국립중앙도서관 출판예정도서목록(CIP)은 서지정보유통지원시스템 홈페이지(http://seoji.nl.go.kr)와
국가자료공동목록시스템(http://www.nl.go.kr/kolisnet)에서 이용하실 수 있습니다.
(CIP제어번호: CIP2019028277)

(주)북랩 성공출판의 파트너

북랩 홈페이지와 패밀리 사이트에서 다양한 출판 솔루션을 만나 보세요!

홈페이지 book.co.kr   •   **블로그** blog.naver.com/essaybook   •   **원고모집** book@book.co.kr

김경진 장편소설

버터 향 기억의 퍼즐

북랩 book Lab

CONTENTS

/

따뜻한 너의 BC

/

햇살이 비치는 어느 날 오후, 아직 겨울방학이 채 끝나지 않은 학생들은 영어 보강 수업을 위해 학원 강의실에 모여 있다. 10평 남짓한 강의실에는 여러 학생들이 왁자지껄 떠드는 중이었다. 얼마 전 새로 이 학원으로 오게 된 이진우 선생님의 수업은 학생들에게 꽤나 신선한 강의로 인식되고 있었다. 불과 얼마 전까지 선물 투자(금융 투자의 일종)를 전문으로 했다는 이력도 특이했지만 수업을 진행하는 스타일은 완전히 새로운 방식이었다. 학생들의 성적 향상에 도움이 된다는 측면에서 보자면 틀에 박힌 수업보다 훨씬 더 나은 수업임에 틀림없었다. 그런 이유로 학생들은 방학이었음에도 학원에 나와 열심히 수업에 참여하고 있었다.

"야, 박신준!"

검정색 안경을 쓴 다소 말수가 적은 모범생처럼 생긴 신준은 자기를 부르는 소리에 뒤를 돌아다보았다. 신준을 불러 댄 사람은 생기발랄 여고생 김지효였다.

"너, 돈 좀 있냐?"

지효는 당연하다는 듯 신준에게 있는 돈 전부 내놓으라는 식의 손동작을 해 보이며 얼굴까지 약간씩 찡그리기 시작했다.

"없는데…."

신준은 담담한 목소리로 답했다.

"아~놔~! 배고파서 떡볶이 좀 사 먹으려 했더니…. 아무튼 도움이 안 된다니까!"

이때, 지효의 단짝 친구 경은이 강의실로 들어왔다. 경은은 어느새 본인이 고등학교 2학년이 된다는 사실에 꽤나 짜증이 나 있었다. 엊그제 입학식을 한 것 같은데 어느새 1년이 후딱 지나가 버린 것이다. 강의실에 들어오자마자 경은은 고개를 홱 돌리며 크게 외쳤다.

"야, 박신준. 돈 좀 있나?"

신준은 경은 쪽으로 고개를 돌렸다.

"얘, 돈 없대!"

대답을 한 건 지효였다. 하지만 그 뒤에 따르는 신준의 목소리.

버터 향 기억의 퍼즐

"얼마?"

"응? 떡볶이 사 먹을 정도만 있으면 돼."

경은의 대답에 신준은 어느새 지갑을 꺼내어 그녀에게 약간의 돈을 건넸다.

경은이 가지고 있는 돈과 합치면 충분히 떡볶이 세트 메뉴 하나쯤은 사 먹을 수 있는 액수였다. 경은은 환하게 웃으며 신준에게 말했다.

"고마워."

이 광경을 보고 있던 지효는 얼굴을 찌푸리며 신준을 날카롭게 쏘아붙였다.

"완전 어이없다, 너! 아까 내가 돈 있냐고 물어볼 땐 없다고 하더니 경은이가 물어보니까 냉큼 갖다 바치냐?"

신준은 묵묵부답이었다. 경은은 지효 옆자리에 앉으며 말했다.

"야, 내가 오늘 떡볶이 쏠게."

"아니, 아까 내가 물어볼 땐 없다고 하더니!"

사실, 신준, 지효, 경은 모두 어릴 적부터 같이 자란 동네 친구였다. 경기도 외곽의 한 동네에서 살고 있는 이들은 초등학교 때부터 현재 고등학교 2학년이 되기까지 같은 학교를 다니고 있었다. 그런 사이였기에 이렇게 서로를 스스럼없이 대할 수 있는 것이다.

때마침, 선생님이 강의실에 들어왔다. 바로 이진우.

"자, 여러분, 오늘은 지난번에 설명을 마무리하지 못한 부분이어서 설명하겠어요."

"아! 쌤! 들어오자마자 설명하는 게 어딨어요?"

신준 때문에 짜증이 나 있었던 지효는 괜스레 죄 없는 선생님에게 생떼를 부렸다. 어쨌거나, 50분이라는 시간은 흘러갔고 그날의 수업은 마무리가 되었다. 신준이 강의실 밖으로 나가려던 찰나 경은이 신준을 불러 세웠다.

"야, 박신준!"

경은은 한손에 조그만 책을 한 권 들고 있었다. 이것을 신준에게 건네며 말했다.

"내가 좋아하는 일본 작가 '와카타케 나나미'의 추리 소설이야. 최근에 새로 나온 따끈따끈한 신작이지. 나도 아직 다 읽지 못했지만 특별히 네게 며칠간 빌려줄게. 깨끗하게 읽고서 돌려줘."

그러곤 신준의 대답은 듣지도 않은 채 휙 하며 강의실 문 밖으로 나가 버렸다.

신준은 집으로 돌아와 쓰러지듯 침대에 누웠다. 별 생각 없이 잠시 동안 천장을 바라보다 이내 가방에서 경은이 건네준 와카타케 나나미의 소설책을 꺼냈다. 그리고는 첫째 장부터 읽어 나가기 시작했다. 사실 신준 역시 와카타케 나나미의 팬이었다. 단지 경은이 빌려준 이 작품은 최근에 나온 것이라 미처 신준이 아직 읽어 보지 못했을 뿐.

때마침, 경은도 와카타케 나나미를 좋아한다고 하니 꽤나 재미있는 우연처럼 느껴지긴 했다. '워낙 글을 재미있게 쓰는 작가이다 보니 팬들도 많겠지'라고 생각한 신준은 가벼운 마음으로 계속 읽어 나갔다. 얼마나 읽었을까? 갑자기 책에서 어떤 종이 쪽지 같은 것이 툭 하고 떨어졌다. 신준은 바닥에 떨어진 쪽지를 주워 들었다. 그것은 그림엽서였다. 외국 어딘가의 풍경이 그려져 있는 그림엽서. 그 뒷면에는 깨알 같은 글씨로 경은이 적은 듯한 글들이 몇 자 적혀 있었다.

지금은 밤 12시. 난 이 시간을 무척 좋아한다. 왠지 이때가 되면 모든 것이 고요해지며 내 마음이 한없이 평온해지기 때문이다. 그러면서 서서히 마른 모래에 파도가 밀려오듯 내 마음속에는 한낮 동안 잊고 지낸 감정의 물결이 나를 촉촉이 적셔 준다. 그리고 정말 간절한 마음으로 바라는 것 한 가지. 네게 다시 한번 받고 싶은 따뜻한 너의 BC.

여고생 특유의 감성이 느껴지긴 하였으나 너무 감성에 치우친 탓인지 다소 유치한 느낌도 들었다. 조용한 성격의 신준도 이 순간만큼은 큰소리로 웃지 않을 수 없었다. 얼른 엽서를 다시 책 속에 넣어 두고서 내일 다시 경은에게 책을 돌려줘야겠다고 생각했다.

버터 향 기억의 퍼즐

경은 vs. 소희

／

원장 선생님이 찾는다는 얘기를 듣고서 진우는 급히 원장실로 향했다. 그곳에는 원장 선생님과 한 여학생이 서 있었다. 이때가 소희와 진우의 첫 만남이었다. 소희는 검은색 모자를 눌러 쓴 채로 트레이닝복을 입고 있었다. 눈빛은 약간 날카로웠으며 누군가 쉽게 다가갈 수 없는 유리벽이 있는 것처럼 느껴졌다.

"앞으로 진우 쌤이 신경을 좀 써 주셨으면 하는 학생이에요. 이름은 은소희. 학생이 결심을 단단히 했다고 하니까, 아마 열심히 할 거예요."

진우는 소희를 데리고 원장실을 빠져나와 강의실로 향했다. 가는 도중 어색한 분위기도 바꿀 겸 소희에게 몇 가지 질문을 던졌다.

"소희 학생은 그동안 공부를 열심히 했었나요?"

"아뇨."

단답형의 대답이었다.

"성적은 몇 등급 정도 나왔어요?"

"5~6등급이요."

여전히 굳어 있는 소희의 표정과 그녀 특유의 단답형의 대답으로 인해 아이스브레이킹을 하려고 했던 진우의 계획은 완전히 실패로 돌아갔다. 어쨌거나 진우는 소희에게 학원 내부를 소개하며 앞으로 어느 강의실에서 수업을 하게 될지, 몇 시까지 오면 되는지 그리고 자습은 어디에서 하면 되는지 등을 자세히 알려 주었다. 소희는 별다른 대답은 하지 않은 채 그저 진우의 말을 듣고만 있었다.

"그럼 소희 학생은 내일부터 여기로 오면 돼요."

진우가 자신의 강의실로 들어가려는 찰나 소희의 목소리가 나지막이 들려왔다.

"선생님. 아까 그 자습실에서 지금 바로 공부하다 가도 되나요?"

"그럼. 자습실 빈자리 아무데나 앉아서 하면 돼."

진우의 말에 소희는 조용히 자습실 쪽으로 향했다. 그런 소희의 뒷모습을 보며 진우는 뒤늦게 생각난 듯 덧붙였다.

"소희 학생. 공부할 것 더 필요하면 쌤한테 얘기하세요. 자료

줄 테니."

"네."

소희는 들릴 듯 말 듯 대답한 뒤 자습실 안으로 들어갔다.

경은과 지효는 동네 번화가를 누비며 여유로운 시간을 보내고 있었다. 신준에게서 얻어낸 돈으로 함께 떡볶이를 사 먹은 뒤 둘은 여기저기 걸어 다니며 시시콜콜한 수다를 떨어 댔다. 그러다 자연스레 대화의 화제는 아이돌 가수로 이어졌다. 지효는 특히 아이돌 가수 워너원의 광팬이었다. 한번은 학원에서 수업 때 진우 쌤이 워너원을 이용해 영어 문장을 만들었는데 그때 워너원의 스펠링을 첫 글자만 대문자로 적고 나머지는 소문자로 적었더니 지효가 자리에서 일어서며 진정으로 정색했던 적이 있었다. 성경에서 하나님을 언급할 때조차 'God'라고 쓰여 있으며 'GOD'라고 쓰지는 않는다. 하지만 지효는 진우 쌤의 그런 표기를 도무지 용납할 수가 없었다. 결국, 진우가 기어이 'WANNA ONE'으로 고쳐 쓴 뒤에야 비로소 수업을 이어 갈 수 있었다. 이런 식의 과도한 지효의 팬심은 주위 사람들을 피곤하게 만들곤 했다. 지효의 절친인 경은마저 이 점에 있어서는 같은 생각이었다. 도대체 별로 좋아하는 그룹도 아닌 워너원의 노래를 왜 다 외우고 있는 것인지…. 이것은 모두 지효 때문이었다. 그동안 수 없이 들어왔던 워너원에 대한 근황이 지효의 입에서 나오자마자 경은은 재빨리 말했다.

"지효야, 우리 생각해 보니 영어랑 수학 숙제가 많잖니? 얼른 학원 자습실에서 숙제부터 하자. 안 그러면 선생님들의 무서운 호통을 들어야 할 거야."

그러곤 성큼성큼 학원으로 향했다. 지효도 뒤따르며 경은과 함께 학원으로 향했으나 입에서 나오고 있는 이야기는 여전히 워너원의 근황들이었다.

"네가 왜 여기 있냐?"

싸늘한 경은의 말이었다. 경은은 자습실에 들어오자마자 그곳 구석 자리에서 공부를 하고 있는 소희를 보고 소스라치게 놀라 버렸다. 그리고 소희를 향해 날카롭게 내뱉은 한마디였다. 분위기는 금세 싸하게 얼어붙었다. 소희는 고개를 돌려 경은 쪽을 바라보았다. 그러고는 대꾸도 하지 않은 채 다시 책으로 고개를 돌렸다. 경은은 화가 치밀어 소리를 더욱 높였다.

"야! 사람이 얘기하는 데 씹냐?"

"나 지금 공부 중이니까 조용히 좀 해 줄래?"

소희는 나지막한 목소리로 경은에게 대꾸했다.

"나 참! 완전 어이없네."

뒤따라 들어온 지효가 경은의 한쪽 팔을 잡으며 그녀의 흥분을 가라앉히려 했다.

"야, 참아."

그리고 억지로 경은을 데리고 자습실 바깥으로 나갔다. 때마침 진우가 자습실 앞 복도를 지나고 있었다. 경은은 괜히 진우 쌤에게 따지듯 물었다.

"쌤! 왜 쟤가 학원에 있어요?"

"누구?"

"쟤요, 쟤! 강의실에 있는 애!"

경은은 자습실 쪽을 손가락으로 가리키며 얼굴을 붉히고 있었다. 하지만 진우는 평소와는 다른 경은의 격한 반응을 미처 깨닫지 못한 채 말했다.

"아, 새로 온 학생이야, 친하게 지내렴."

경은은 못마땅한 표정을 지으며 학원 바깥으로 나갔다.

지효는 잠깐 자습실 안쪽을 보는 듯하더니 이내 학원 밖으로 따라 나갔다.

/

3년 전 이야기 *1*
구립 도서관에서 '와카타케 나나미'를…

/

지금으로부터 3년 전, 경은이 중학교 2학년이 되었을 무렵이었다. 이즈음 경은은 한창 질풍노도의 시기를 경험하고 있었다. 친구들 사이에 인싸가 되어야 하는 것은 말할 것도 없었고 더 나아가 일진이 되어야만 직성이 풀렸다. 갓 2학년이 된 경은은 학기 초마다 늘 치러 왔던 일진 확인 의식을 치르기 위해 1교시 시작 전 자습 시간에 선생님이 없는 틈을 타서 교실 맨 앞 정중앙에 있는 교탁 쪽으로 가 그 위에 올라섰다. 그리고 자습을 하느라 여념이 없는 친구들을 내려다보며 외쳤다.

"야! 남자애들 빼고 여자애들! 앞으로 우리 반 짱은 나니까 그렇게 알아!"

영문을 모르는 다른 학생들이 모두 경은을 바라보았다. 그러자 경은이 갖은 인상을 쓰며 외쳤다.

"뭘 봐, 이년들아! 눈 깔아! 띠꺼우면 덤비시든지!"

그러자 깜짝 놀란 여학생들이 모두 고개를 숙였다. 반면 남학생들은 이 상황이 재미있다는 듯 히죽거리고 있었다. 하지만 경은은 이내 덧붙였다.

"야! 남자애들도 짜증나게 하면 석호 선배한테 다 말할 거니까 그런 줄 알아!"

그 소리를 듣자마자 교실 안의 남학생들까지 모두 일제히 고개를 숙였다. 석호 선배는 1년 선배로서 중3 전교 싸움 짱인 것은 물론 고등학생들조차도 함부로 건들지 못하는, 그런 존재였다. 이때의 경은은 이런 식으로라도 본인이 일진이 되어야만 비로소 안심을 하곤 했다. 물론, 경은이 처음부터 이런 캐릭터였던 것은 아니었다. 초등학교 시절에는 그저 활발하고 성격 좋은 여학생에 지나지 않았다. 하지만 중학생이 되면서 반항기를 보이기 시작하더니 중2 때는 중2병에 제대로 걸려 버린 것이었다. 경은은 비슷한 무리들과 함께 몰려다니게 되었다. 그 무리에는 지효도 있었다. 하지만 지효는 경은과 어릴 적부터 친하게 지낸 사이여서 여전히 가까이 지냈던 것일 뿐 경은만큼 심각한 중2병에 시달렸던 것은 아니었다. 단지 이때도 지효는 어떤 아이돌 스

버터 향 기억의 퍼즐

타의 덕후질만큼은 누구보다 열심히 하고 있었다. 아무튼, 이런 식으로 경은은 중학교의 짱으로 군림하고 있었다.

그러던 어느 날 한 여학생이 전학을 오게 되었는데 그녀가 바로 은소희였다. 다소 날카로운 눈매에 굳게 다문 입에서 느껴지는 무언가 알 수 없는 카리스마가 주변 사람들을 압도하는 그런 독특한 아우라를 가진 아이였다. 게다가 서울에서 전학을 왔다는 선생님의 말씀에 괜히 경은은 무언가 껄끄러움이 느껴졌다. 서울에서 왔다는 것만으로 아무 이유 없이 그저 재수 없게 느껴졌던 것이다. 그렇게 중2 때 오경은과 은소희는 같은 반에서 생활하게 되었다. 이때 지효는 옆 반이었는데 신준과 같은 반이었다. 소희는 이때에도 조용한 편이었으나 그렇다고 친구들과 잘 어울리지 못하는 그런 성격은 아니었다. 시간이 흐르면서 소희 역시 몇몇의 친구들과 함께 어울리며 학교 생활에 조금씩 적응해 가고 있었다.

어느 날 토요일 오후, 신준은 동네에 있는 구립 도서관에서 책을 정리하고 있었다. 처음에는 봉사 활동 점수를 따내기 위해 이곳에서 사서 일을 시작하게 되었으나 지금은 나름 취미에도 맞는 듯하여 자연스레 주말이면 구립 도서관으로 와 사서를 자처하고 나섰다. 도서관 일을 하는 사무원들은 이런 신준을 무척이나 기특하게 여기고 있었다. 신준은 도서관의 책 정리가 끝나면 구석구석 청소도 했고 그다음에는 자신이 평소 읽고 싶었던 책을 읽었으며 때때로 숙제가 많은 날이면 열람실에서 숙제를 하다가 오후 늦게야 집으로 돌아가곤 했다.

'끼익.'

열람실 문이 열리는 소리가 들리더니 한 여학생이 안으로 들어왔다. 신준은 누군가 싶어 문 쪽으로 눈을 돌렸다. 그곳에는 뜻밖에도 소희가 서 있었다. 신준은 아직 한번도 소희와 이야기해 본 적이 없었다. 단지 소희가 자신의 학교에 한 달 정도 전에 새로 전학을 왔다는 것 정도만 알고 있을 뿐이었다. 소희 역시 조용히 책을 보고자 방문한 이곳에 같은 학교 남학생이 있다는 사실에 깜짝 놀라는 눈치였다. 신준과 소희는 한동안 아무 말 없이 서로를 바라보았다. 다소 소심한 성격의 신준은 마치 그 자리에서 얼어버린 듯했다. 오히려 먼저 말을 걸어온 쪽은 소희였다.

"저기, 책 좀 보려고 하는데 아무데나 앉아서 읽으면 되는 거니?"

소희의 말소리가 귀에 들어오자 신준은 그제야 다시 정신이 돌아온 듯 더듬거리며 입을 열었다.

"어, 그, 그렇지. 뭐, 보고 싶은 책 골라서 아무 자리에 앉아서 보면 돼. 대출을 원하면 대출 카드 신청서를 작성하면 되고."

"그래."

소희는 대답과 함께 조심스레 신준의 옆을 지나쳐 책들이 꽂혀있는 책꽂이로 향했다. 그리고 천천히 읽을 책을 고르고 있었다. 신준은 열람실 귀퉁이 데스크 쪽으로 가 앉았다. 괜히 컴퓨터 모니터를 바라보면서 무언가 바쁘게 일을 하는 척하였다. 잠시 뒤 다시 소희의 목소리가 들려왔다.

"혹시…."

신준은 소희 쪽을 바라보았다.

"추천해 줄 만한 책이 있니?"

신준은 뜻밖의 소희의 말에 아무것도 생각나지 않았다. 평소 나름 책을 많이 읽기는 하였으나 갑자기 작품 하나를 추천해 달라는 소희의 요청에 아무것도 생각나지가 않았던 것이다. 이리저리 두 눈을 굴리며 안절부절 못하고 있을 때 때마침 책 한 권이 눈에 들어왔다. 『헌책방 어제일리어의 사체』라는 작품이었다. 일본 작가 '와카타케 나나미'의 추리 소설이었다. 신준은 6개월 전쯤 이 작품을 읽고서 이 작가에 대해서 처음 알게 되었는데 그리 무겁지 않은 필체로 경쾌하게 추리 소설을 풀어나가는 작가의 참신함에 완전히 매료되어 있었다. 신준은 얼른 소희에게 그 책을 추천했다.

"저쪽에 꽂혀 있는 회색 표지의 책 보여?"

소희는 신준이 손가락으로 가리키는 쪽으로 고개를 돌렸다. 추리물이 한곳에 모여 있는 책꽂이였는데 그곳에 『헌책방 어제 일리어의 사체』라는 제목의 책이 있었다.

"아, 저거?"

소희는 책꽂이에서 그 책을 꺼내들며 확인하듯 신준에게 되물었다. 신준은 고개를 끄덕이며,

"어, 그거 읽을 만해. 혹시 추리 소설 좋아해?"

소희는 조용히 고개를 끄덕이며 신준에게 말했다.

"고마워."

그러고 나서 열람실 구석자리에 가 앉아 책을 읽기 시작했다.

얼마간의 시간이 흘렀을까, 신준은 같은 학교 친구가 이곳에 함께 있는데 이렇게 아무 말도 걸지 않은 채 시간만 보내면 안 될 것 같다는 생각이 들었다. 왠지 예의가 아닌 게 아닐까 하는 느낌이 들었던 신준은 간식거리로 먹으려고 편의점에서 사 두었던 버터링 쿠키를 가방에서 꺼냈다. 그리고 열람실 데스크 위에 있던 네모난 통에서 냅킨을 몇 장 꺼낸 뒤 몇 조각 올려 소희에게 가져다주었다.

"저기, 이거 좀 먹을래?"

신준의 말에 소희는 신준 쪽을 돌아다보았다. 몇 초간 소희가

버터 향 기억의 퍼즐

반응을 보이지 않자 신준은 속으로 '괜한 짓을 했구나' 하는 후회가 밀려왔다. 하지만 이내 소희가 살짝 미소를 보이며 신준의 쿠키를 두 손으로 받쳐 들었다.

"고마워."

짧디짧은 미소였지만 소희의 진심이 느껴졌다. 이때, 열람실 문 쪽에서 어떤 소리가 들리는 듯했다. 신준과 소희는 함께 소리가 나는 쪽으로 고개를 돌렸다. 하지만 그들의 눈에 들어온 건 그저 누군가 열람실로 들어오려다 그만두었다는 것을 알려주는 공허한 문의 움직임뿐이었다. '끼익끼익' 소리를 내며 열람실 문은 앞뒤로 왔다갔다하고 있었다.

/

3년 전 이야기 2
throw down the gauntlet

/

그날 이후 신준과 소희는 급속도로 가까워졌다. 소희는 주말이면 신준이 있는 구립 도서관으로 와서 책을 읽다 가고는 했다. 학교에서 신준을 보게 될 때면 소희는 절대 그냥 지나치지 않고 신준을 불러 세워 꼭 한두 마디는 주고받은 뒤에야 지나치곤 했다. 하지만 소희의 학교 생활이 늘 순탄하기만 한 것은 아니었다. 그것은 바로 같은 반이자 학교의 일진인 경은 때문이었다. 경은은 소희를 탐탁지 않게 여기고 있었다.

"너 그거 열등감이야."

경은과 수다를 떨던 지효가 진지한 표정으로 경은에게 한 말이었다. 아무 이유 없이 소희를 미워하는 경은을 보며 지효가 내린 결론이었다. 그런 지효의 말에 경은은 발끈하며 되물었다.

"어머! 내가 쟤한테 무슨 열등감을 가져?"

"내 말이!"

오히려 지효가 더욱 정색하며 말했다.

"내 말이 바로 그거야. 대체 네가 왜 쟤를 그렇게 신경 써?"

지효의 말에 경은은 별다른 대꾸를 하지 못했다. 그저 뾰로통한 표정으로 앞을 주시하고 있을 뿐이었다. 이때 석호 선배가 교실 안으로 들어왔다. 2학년 교실은 순간 찬물을 끼얹은 듯 조용해졌다.

"석호 선배!"

경은과 지효만이 석호를 보면서 반갑게 인사했다. 석호는 학교 짱답게 그를 추종하는 무리를 몇몇 데리고 다니며 가끔씩 각 교실에 이런 식으로 불시에 나타나 돌아보곤 했다. 하지만 그것뿐이었다. 다소 불량한 기질이 있기는 하나 그저 이렇게 세를 보여 주며 보스 놀이 하는 것을 즐길 뿐, 누군가를 괴롭히거나 하지는 않았다. 일진 중에서는 나름 착한 일진이라고나 할까? 보통 학교 일진들이 교실을 돌아보는 건 학생들을 겁박하여 돈을 뜯어내고자 하는 뚜렷한 목적성을 가지고 있었다. 하지만 석호는 그런 부류는 아니었다.

경은과 지효는 석호와 인사를 나누며 얼마 전 있었던 시시콜콜한 이야기들을 늘어놓았다. 석호도 경은, 지효와의 대화가 꽤나 즐거운 듯 오랫동안 그 반에 머물며 대화를 이어 나갔다. 이때 교실 창밖, 복도 쪽에서 신준과 소희가 지나가는 것이 경은의 눈에 들어왔다. 둘은 상당히 다정해 보였다. 소희가 신준과 친해진 모습조차 경은에게는 그저 얄밉게만 느껴졌다.

"선배, 저 데스 매치 하고 싶은데 선배가 심판 봐 주세요."

경은은 순간 자기도 모르게 석호에게 이런 말을 내뱉었다.

"데스 매치?"

석호는 깜짝 놀라며 되물었다. 경은은 단호한 표정을 지으며 고개를 끄덕였다. 데스 매치라는 것은 이 학교에서 전통처럼 내려오는 일종의 일대일 싸움을 의미했다. 학교 옥상으로 올라가 다른 학생들이 보는 앞에서 싸움을 벌이는 것이었다. 이기든 지든 반드시 일대일 싸움이어야만 하고 어느 한쪽이 "졌다"고 말할 때까지는 싸움이 중단되지 않는 것이 이 데스 매치의 룰이었다. 심판이 있기는 했으나 이는 어디까지나 원활한 싸움의 진행을 위해 있을 뿐 다른 개입은 결코 할 수 없었다. 물론, 심판은 바로 석호였다. 룰이 아무리 정해져 있다고는 하나 누군가 그 약속을 깨 버리면 아무 소용이 없기 때문에 이를 방지하기 위해 그동안 학교의 싸움 짱이 심판을 보아 왔던 것이다.

경은은 책상 위에 있던 필통에서 볼펜 한 뭉텅이를 꺼내 들고

3년 전 이야기 2 - throw down the gauntlet

서는 빠르게 걸어가 교실 문을 열어 젖힌 뒤 복도로 나가 소희를 불러 세웠다. 그리고서는 소희를 향해 그 펜들을 휙 하고 던져 버렸고 그것은 그대로 소희의 얼굴로 날아가 부딪힌 뒤 바닥으로 우수수 떨어졌다.

"야! 이따 학교 끝나고 옥상으로 와라!"

소희를 향한 경은의 선전포고였다.

펜을 던지는 행위는 그 옛날 카우보이들이 결투를 신청할 때 자신의 장갑을 던지는 행위를 본떠서 만든 것이었다. 이는 결투를 신청한다는 뜻으로서 그 결투를 받아들이는 쪽은 펜을 집어 들면 되는 것이었다. 그러면 결투는 성립하게 된다. 물론 집어 들지 않으면 결투는 없겠지만 자연스레 패배를 인정하는 꼴이 되었다. 소희는 복도 바닥에 떨어진 볼펜들을 물끄러미 바라보았다. 옆에 있던 신준의 표정은 딱딱하게 굳어 있었다. 신준은 소희가 펜을 들지 않기를 바랐다. 하지만 소희는 허리를 숙이며 볼펜을 하나씩 집어 들기 시작했다. 모두 줍고 나서는 다시 일어나 경은을 보고서 한마디 툭하고 던졌다.

"고마워, 잘 쓸게."

그러고는 자신의 교실 쪽으로 걸어가 버렸다. 경은은 이 순간에도 마치 소희가 자신을 무시하고 있다는 듯한 느낌이 들었다. 앙칼진 경은의 목소리가 복도에 쩌렁쩌렁하게 울렸다.

"야! 너 이따 죽을 줄 알아!"

소희는 여전히 아무 말도 하지 않은 채 교실 안으로 휙 들어가 버렸다.

신준은 원망스러운 눈빛으로 경은을 바라보았다. 경은은 그런 신준과 눈이 마주쳤다. 그의 눈빛을 본 경은은 더욱 화가 날 뿐이었다. 신준의 표정은 명백히 소희를 편들고 있었다.

옥상은 수많은 학생들로 인산인해를 이루었다. 동그랗게 둘러싼 학생들 한가운데에 장석호 그리고 경은과 소희가 있었다. 평소 조용한 성격의 소희였으나 담담한 표정을 지은 채 경은과의 눈싸움에서 한 치도 밀리지 않았다. 오히려 소희 쪽이 더 싸움의 고수가 아닐까 하는 생각이 들 정도로 소희는 이 모든 상황에 침착하게 대처해 나가고 있었다.

구경하러 온 학생들의 무리에는 신준도 있었다. 오래 알고 지낸 친구 경은이 무척이나 믿게만 느껴지는 신준이었다. 이 상황을 기어이 만들어야만 했을까? 그녀의 행동이 도무지 이해가 가지 않았다.

"둘 다, 준비됐어?"

석호는 양쪽을 바라보았다. 그리고는 크게 외쳤다.

"파이트(Fight)."

경은과 소희는 잠시 서로를 보면서 동정을 살폈고 이내 경은이 먼저 달려들며 소희의 머리채를 잡고서 끌어당기기 시작했다. 소희의 상체는 자연스레 앞으로 꺾여 버렸다. 경은은 이 타이밍을 놓치지 않고서 주먹으로 소희의 뒤통수를 망치질하듯 가격하기 시작했다. 하지만, 소희도 가만히 있지만은 않았다. 어느새 소희도 경은의 머리채를 똑같이 잡아당겼고 이내 두 사람은 서로 뒤엉켜 함께 바닥으로 고꾸라져 버렸다. 바닥에 나뒹굴면서도 어느 쪽도 상대의 머리카락을 손에서 놓지 않은 채 끝까지 움켜쥐고 있었다.

"이제 그만 항복해, 이 쌍년아!"

경은이 소희를 향해 외쳤다. 하지만 소희는 아무런 말도 하지 않은 채 경은의 머리채를 더욱 꽉 쥐어 들어갔다.

"잠깐!"

심판을 보고 있던 석호가 바닥에 나뒹굴던 두 명의 손을 놓게 한 뒤 다시 일으켜 세웠다.

그리고는 바로 다시 싸움이 계속되었다. 싸움의 양상은 이번에도 비슷한 패턴으로 진행되었다. 힘은 경은 쪽이 더 우세해 보였다. 하지만 소희도 일방적으로 밀리지만은 않았다. 싸움은 분명 경은이 더 능숙했다. 하지만 소희는 좀처럼 패배를 인정하지 않고서 계속 오뚝이처럼 다시 일어섰다. 이쯤 되자, 오히려 당황

하는 쪽은 경은이었다. 이를 지켜보던 신준은 도대체 소희의 어디에서 그런 악바리 같은 근성이 나오는지 전혀 알 수 없었으나 어쩌면 소희가 이길 수도 있겠다는 생각까지 하게 되었다.

아무리 맞아도 다시 일어서서 덤벼오는 소희를 보며 경은은 속으로 매우 동요하기 시작했다. 만약에 혹시라도 자신이 패배라도 하게 되는 날이면 그동안 쌓아온 일진으로서의 이미지는 물거품처럼 사라져 버리고 오히려 패배자라는 씻을 수 없는 오점을 남기게 될 것이다.

경은은 점점 더 초조해져만 갔다. 이 이상 싸움이 더 길어지면 불리해질 수 있겠다는 판단을 한 경은은 단 하나의 일격에 모든 것을 걸어 보기로 하였다. 오른손 주먹을 꽉 쥐고서는 소희를 향해 달려가며 회심의 일격을 내리꽂았다. 경은의 일격은 소희의 얼굴에 정확히 들어갔고 소희의 코에서는 '주르륵' 하며 쌍코피가 나기 시작했다.

순간, 요란하던 그곳이 찬물을 끼얹은 듯 조용해졌다. 이쯤 되면 웬만한 여자라면 눈물을 보이기 마련이다. 하지만 소희는 그렇지가 않았다. 오히려 두 눈을 치켜뜨며 여전히 경은 쪽을 노려보았던 것이다. 경은은 순간 오싹함을 느끼며 온몸이 얼어붙는 듯했다. 경은으로서는 모든 것을 걸었던 일격이었으므로 이제 더 이상 이 싸움을 해 나갈 자신이 없었다. '정말로 일진의

자리를 내어 주어야 하는 건가?' 하는 생각이 경은의 머릿속을 스쳐 지나가던 찰나 갑자기 소희가 정신을 잃고서 쿵 소리를 내며 뒤로 자빠져 버렸다. 바로 그때, 학생들 무리에서 신준이 급히 나오더니 소희가 쓰러진 쪽으로 달려갔다. 소희를 향해 달려가는 신준의 모습을 보자 경은의 두 눈에서는 눈물이 핑 하고 돌았다.

실은 경은은 언젠가부터 신준에게 친구 이상의 감정을 가지게 되었다. 신준을 향한 감정이 불길 번지듯 빠르게 퍼져 나갔다기보다는 조금씩 서서히 젖어 들었기에 뒤늦게야 알 수 있었던 감정의 변화였다. 하지만 고백을 하지 못한 채 무심한 시간은 잘도 흘러갔다. 그러던 어느 날, 소희라는 애가 전학을 온 것이다. 별다른 이유가 있는 건 아니었지만 왠지 처음부터 썩 마음에 들지 않았다. 그런데 이 전학생 소희가 어느새 신준과 가까이 지내는 것이 아닌가? 이 모습을 본 경은은 질투심에 완전히 사로잡혀 버렸고, 그래서 오늘의 이 사건이 벌어진 것이다.

소희는 정신을 잃은 채 쓰러져 있었고 서글픔이 밀려온 경은은 그 자리에 선 채로 눈물만을 하염없이 흘리기 시작했다.

진실 게임

신준은 친구와 함께 참으로 오랜만에 노래방에서 노래를 신나게 불렀다. 어느 정도 머리를 식혔다고 생각한 신준은 친구와 헤어지고 집으로 향했다. 집으로 돌아오는 길, 혼자서 아무 생각도 없이 걷기만 하기에는 다소 무료했던 신준은 어느 새 경은이 엽서에 썼던 '따뜻한 너의 BC'가 무엇을 가리키는 것인지 생각해 보고 있었다.

'혹시 번화가 쪽에 있는 프랜차이즈 음식점인 병천 순대의 BC일까?'

그곳 순대가 맛있다는 것은 신준도 인정하는 바였다. 하지만 설마하니 경은이 아무리 순대를 좋아해도 그렇지, 엽서에 굳이 순대 가게의 이니셜까지 적어 가며 자신이 보는 책 사이에 소중히 꽂아 둘 가능성은 거의 없다고 생각했다. 물론, 그 순대가 따뜻하긴 하지만….

이런저런 생각을 하면서 길을 걷던 신준의 눈앞에 갑자기 오토바이 한 대가 다가와 경적을 울려 댔다. 신준은 깜짝 놀라 약간 옆으로 비켜섰다. 그러자 그 오토바이는 신준에게로 더욱 다가와 멈추더니 헬멧을 벗으며 신준에게 인사를 건넸다.

"여~! 오랜만!"

신준은 자신의 친구 중에는 오토바이를 타고 다닐 만한 사람이 없었기에 말을 걸어 온 사람이 누구인지 미처 알아보지 못한 채 멀뚱멀뚱 바라보기만 했다. 그리고 잠깐의 시간이 흘러서야 그가 바로 장석호라는 것을 알 수 있었다.

"앗! 선배님! 안녕하세요!"

신준은 중학교 때로 돌아간 것처럼 석호에게 깍듯한 90도 인사를 했다. 몸이 기억하고 있다는 건 이럴 때 쓰는 말일까?

석호의 카리스마는 중학교 때보다 훨씬 더 짙어져 있었다.

"잘 지내냐? 오랜만이네."

"넵! 선배님! 잘 지내고 있습니다. 선배님께서는 그동안 잘 지내셨습니까?"

"하하! 나는 뭐, 잘 지내지."

이렇게 말한 석호는 고개를 뒷좌석 쪽으로 끄덕이며 태워 주겠다는 신호를 보내왔다.

"아, 괜, 괜찮습니다. 조금만 더 가면 이제 집에 도착해서…"

"타, 인마!"

석호가 장난스레 내뱉은 한마디에 신준은 어느새 석호의 뒷자리로 향하고 있었다.

얼마나 달렸을까? 석호는 동네 뒷산 공원 쪽에 있는 언덕길에서 오토바이를 멈춰 세웠다. 그리고는 옆에 있는 자판기로 가 탄산음료 두 개를 뽑은 뒤 하나를 신준에게 던졌다. 신준과 석호는 나란히 벤치에 앉아 음료를 마시기 시작했다. 석호는 주머니에서 담배 한 개비를 꺼내 물고서는 불을 붙였다. 그리고는 신준을 바라보며 말했다.

"학교는 잘 다니냐?"

"네! 저는 잘 다니고 있습니다만, 선배님께서는… 그때 사건 이후로 학교를 그만두신 건 알고 있는데 그 이후 어떻게 되셨는지 잘 몰라서…"

신준의 말에 석호는 씩 하고 의미를 알 수 없는 웃음을 지었다.

"나? 크크, 어떻게 됐을 것 같냐?"

신준은 별다른 대답을 하지 못한 채 손에 들고 있던 탄산음료만 바라볼 뿐이었다. 여기서 그 사건이라 함은 바로 경은과 소희의 데스 매치를 뜻했다. 싱겁게 끝날 줄 알았던 경은과 소희의 싸움은 생각보다 길어졌고 그러다 보니 결국 선생님들의 눈에 띄어 모든 교직원이 학교 옥상으로 황급히 달려왔던 것이다. 학생들 무리 한가운데 한 여학생은 쓰러져 있었고 다른 여학생은 하염없이 눈물을 흘리고 있었으며 그 한가운데 석호가 서 있었다. 그 두 명의 여학생들은 모두 모양새가 엉망이었다. 이 상황에 대해 석호에게 추궁이 시작된 것은 두말할 나위가 없었다. 석호는 순간 본인이 모두 뒤집어쓰는 것이 더 낫겠다는 생각이 들었다. 여러 학생들의 생활기록부에 좋지 않은 기록을 남기기보다는 어차피 공부할 마음도, 학교를 성실히 다닐 생각도 별로 없는 본인이 모두 뒤집어쓰는 게 낫겠다는 판단을 한 것이다. 그래서 석호는 선생님들을 향해 거짓말로 상황을 꾸며 대기 시작했다. 버릇없는 후배들을 교육시키기 위해 옥상에 집합시켰고 예절 교육을 하다 보니까 어느새 상황이 이렇게까지 되어 버렸다고…. 주변의 다른 친구들은 모두 구경꾼이거나 아니면 오히려 석호를 말리려고 했다는 식으로 이야기를 했던 것이다. 처음에 선생님들은 석호 한 명이 이 모든 소동을 일으켰다는 것을 그대로 믿지는 않았지만, 결국 이 소동은 그렇게 처리하는 것이 학교로서도 더 낫다는 결론이 내려져 사건은 그렇게 종결되었다. 석호에게는 다른 학교로의 전학 처분이 내려졌다. 하지만, 석호는 전학을 가지 않은 채, 학생 신분 자체를 포기해 버렸다. 이후, 때

때로 석호에 대한 이야기가 들려오기도 하였으나 실은 학생들 중에 누구도 석호의 근황이 어떤지 정확히 아는 사람은 없었다. 그런데 그 석호가 지금 신준의 눈앞에 나타난 것이다.

"신준아!"

"네, 선배님."

"너, 내가 왜 싸움을 잘하는지 아냐?"

석호는 신준에게 뜻밖의 질문을 던졌다.

"글쎄요, 뭐, 아무래도… 운동을 많이 하셔서…."

석호는 신준의 대답에 피식 하고 웃음이 나왔다.

"우리 아빠가 깡패거든. 그래서 맨날 싸움 얘기 듣고 자라다 보니 나도 어느새 싸움을 하고 있더라. 그리고 자연스레 싸움을 잘하게 된 거지."

"네?"

뜻밖의 얘기에 신준은 두 눈을 동그랗게 뜬 채로 석호를 바라 보았다.

"우리 아빠가 진짜 조폭이야. 꽤 잘나가는 건달이지. 나도 지금 아버지 밑에서 깡패짓 하고 있어."

달리 할 말을 찾지 못한 신준은 그저 석호의 이야기를 듣고만 있었다.

"근데 말이야, 내가 학교 때려치우겠다고 했을 때, 처음으로 그 꼰대가 울더라. 내 앞에서…. 나만큼은 뭐 자기처럼 안 되길 바랐다나? 하지만 어쩌겠어. 아빠가 깡패짓 하는 걸 보면 자식도 그렇게 되는 게 당연하지. 근데 막상 이 짓을 본격적으로 해 보니까 정말 사람 할 짓이 아니더라고. 너도 알지? 내가 학교 다닐 때도 애들 별로 안 괴롭혔던 거."

신준은 고개를 끄덕였다. 분명한 사실이었다. 오히려 석호가 학교의 질서를 잡아 주었다고 보는 것이 더 정확한 인식이었다.

"근데, 본격적으로 이 바닥에 뛰어들어 보니까 진짜 나쁜 놈들 많더라. 돈 없어서 대출 받은 사람들 찾아가서 겁박하고 쳐 죽일 듯하면서 그나마 가지고 있는 것들 모두 뺏어 버리는 건 기본이고 여자들은 술집에 팔아넘겨 버리지."

석호는 담배 연기를 내뿜으며 이야기를 이어 나갔다.

"우리 꼰대가 마약에도 손대고 있을지 모를 일이지. 아무튼 나도 그런 일들 하면서 불쌍한 사람들 눈에 피눈물 나게 할 짓 이미 수없이 많이 한 거 같아. 요즘엔 솔직히 내가 곱게 죽지는 못할 거라는 생각이 들어."

신준은 조용히 손에 든 음료만 마실 뿐이었다. 그렇지 않아도 무섭게 느껴지는 석호였다. 그런데, 진짜 조폭이 되어 있는 석호를 보니 이제는 함께 있는 것조차 신준으로서는 무척이나 부담스럽게 느껴지고 있었다. 석호는 신준의 표정을 보고서는 피식

하고 웃으며 신준에게 말했다.

"야! 쫄지 마! 내가 너 괴롭혀서 뭐하게? 그냥 지나가다가 우연히 네가 보이기에 옛 생각도 나고 해서 불렀던 거야. 게다가 너 그날 좀 대단했었잖아?"

"네?"

신준은 영문을 모르겠다는 표정으로 석호를 바라보았다.

"그때 널 보면서 꽤나 멋진 놈이라고 생각했었거든. 소희라는 애를 들쳐 업고서는 냅다 뛰었잖아?"

"아! 그거요? 그땐 그냥 아무 정신이 없어서 별 생각 없이 그렇게 했던 것 같아요."

3년 전 그날, 소희가 쓰러지고 학교 관계자들이 몰려들어와 누구도 경황이 없을 때 신준은 얼른 소희를 들쳐 업었다. 어디서 그런 힘이 나왔는지 모르겠으나 신준은 계단을 뛰어 내려가 학교 양호실까지 신속하게 소희를 데리고 간 것이다. 그리고 양호 선생님의 지도에 따라 119에 연락을 취해 소희가 빠르게 응급조치를 받을 수 있도록 했던 것이다.

"너, 그날 이후 소희랑 사귀었냐?"

"아뇨, 별로 그런 건…."

"하하, 순수한 녀석!"

신준은 자연스레 그날의 기억이 떠올랐다. 그때 소희는 하루가 다 가도록 병원에 입원해서 안정을 취하였다. 소희의 부모님 모두 일을 하러 나가 있었기에 한동안 연락이 되지 않다가 그날 늦게야 소희의 입원 소식을 듣고서 병원으로 급히 오셨다. 그때까지 신준이 병원에서 안정을 취하고 있는 소희 옆에 있었던 것이다. 소희는 병원에 온 뒤 한참이 되어서야 눈을 떴고 자신의 침대 옆에 앉아 있던 신준을 보았다.

"어떻게 된 거야?"

소희가 신준에게 물었다. 신준은 그동안의 일을 소희에게 말해 주었다. 한참을 듣고 있던 소희는 가만히 입원실 천장을 바라보더니 이내 신준 쪽을 바라보곤 미소를 띠며 말했다.

"고마워, 신준아!"

"아니, 뭐, 친구니까…."

신준은 쑥스러운 듯 말을 다 잇지 못했다. 링거 병 속의 약은 아직도 한참 남아 있었다.

"우리 심심한데 게임이나 할까?"

뜻밖의 소희의 말이었다.

"무슨 게임?"

"뭐, 이럴 때 가장 할 만한 건 진실 게임?"

"진실 게임?"

"그렇지, 그러니까 '묵찌빠'를 해서 이긴 쪽이 질문을 하고 진쪽이 진실한 답변을 하는 거지. 만약 답변을 거부하려면 이긴쪽의 소원을 하나 들어주는 거야."

그렇게 신준과 소희의 진실 게임은 시작되었다. 처음에는 답변하기 쉬운 질문들이 이어지다가 점점 답하기 곤란한 질문들로 넘어가고 있었다. 진실 게임의 묘미는 이런 식으로 서서히 상대방을 압박하는 것에 있었으니 이제야 비로소 흥미진진한 게임이 시작되고 있었던 것이다.

"자, 이번 판은 내가 이겼으니까…"

이렇게 말한 소희는 잠시 뜸을 들이는가 싶더니 대뜸 질문을 던졌다.

"너 나 좋아하지? 아니면 왜 나를 업고서 양호실까지 갔어? 게다가 이렇게 병원에도 함께 있고 말이야. 대답해 봐. 나를 어떻게 생각해?"

신준은 순간 숨이 턱하고 막히는 듯한 느낌이 들었다. 그리고 바로 대답하지 못한 채 얼마간의 시간이 흘렀다. 신준이 답하지 않자 순간 분위기가 어색해지는 듯했다. 게다가 이런 질문에 즉답하지 않는다는 것만으로도 대답하는 쪽의 속마음이 이미 드러나는 것이나 다름없다. 침묵의 길이만큼 진심의 깊이도 더해지는 법, 신준은 어렵사리 입을 열었다.

"그건, 답변을 거부할게."

신준의 말에 약간의 정적이 흐르는 듯하였으나 이내 소희는 크게 웃음을 터뜨렸다.

"그래, 알았어. 그럼 너 나중에 내 소원 하나 들어주는 거야."

신준은 가볍게 고개를 끄덕였다. 이때, 복도 쪽에서 구두 소리가 들리는가 싶더니 소희의 부모님이 병실 안으로 들어왔고 신준은 얼른 그곳을 나와 집으로 돌아갔다.

석호는 벤치에서 일어났다.

"자!"

석호는 신준에게 명함을 하나 건넸다. 명함에는 금융업을 의미하는 듯한 그럴싸한 회사 이름과 함께 '이사 장석호'라고 쓰여 있었으나 실상은 빌린 돈 대신 받아주는 심부름 센터 같은 곳이었다.

"너 그날, 꽤 내 맘에 들었어. 여자애를 업고서 양호실까지 뛰어가는 모습이 상당히 남자다워 보였단 말이지."

이렇게 말한 석호는 피우고 있던 담배꽁초를 바닥에 휙 하고 던져 버렸다.

"뭐, 슬슬 헤어져야겠다. 난 이만 가 봐야 되거든. 혹시 어려운 일 있으면 이 번호로 연락해."

이렇게 말하고는 석호는 다시 자신의 오토바이를 타고서 '부룽!' 하는 소리를 내더니 바람같이 '휙!' 하고 떠나 버렸다. 석호가 간 뒤에도 신준은 벤치에 얼마 동안 더 앉아 있었다. 석호와의 대화 중에 다시 떠오른 지난날의 기억 때문이었다. 마지막 한 모금 들이킨 음료수는 신준의 목을 미끄러져 내려가며 탄산 특유의 싸한 맛을 신준에게 각인시키는 듯했다.

진실 게임

/

3년 전 이야기 3
가로수 그늘 아래 서면

/

중2가 된 지 얼마 되지도 않은 것 같은데 어느새 여름 방학이 눈앞에 다가왔다. 신준은 며칠만 더 있으면 방학이 된다는 사실이 반가우면서도 시간이 참 빠르다는 걸 새삼스레 느끼고 있었다. 3교시 수업이 끝나고 쉬는 시간, 책상 위에 있던 신준의 핸드폰이 드르륵 하며 진동을 울려 댔다. 소희에게서 온 문자였다.

- 시험도 끝났고, 곧 방학도 시작할 테고, 게다가 심지어 내일은 개교기념일이잖니? 내일 수요일 아침 10시까지 소방서 앞 버스 정류장에서 만나자. 서울 여행을 떠날 거야.

신준은 뜻밖의 소희의 얘기에 놀랐으나 곧 이것이 지난번 진실 게임에서의 소원이라는 것에 생각이 미쳤다. 신준은 소희에게 바로 답장을 보냈다.

- 이게 소원?

- 빙고!

수요일 아침 신준은 버스 정류장에서 이리저리 왔다갔다하면서 소희를 기다리고 있었다. 어느새 소희가 큰소리로 신준의 이름을 부르며 달려오고 있었다.

"야! 박신준!"

그렇게 달려온 소희는 신준을 보자마자 갑자기 파안대소를 터뜨리는 것이 아닌가?

"푸하하하! 너 옷이 그게 뭐야?"

신준은 눈을 동그랗게 뜨고서 소희에게 말했다.

"뭐! 그냥 귀찮으니까 대충 입고 나왔지."

하지만 사실 신준은 나름 신경 써서 차려 입은 것이었다. 찢어진 청바지에 새빨간 반팔 티. 그 티셔츠 앞뒤에는 이런 저런 영어가 마구 휘갈겨져 쓰여 있었다. 그리고 머리에는 파란색 야

구모자까지. 신준이 평소 아끼던 것들의 총집합이었다. 여기에 가장 포인트는 하얀색 벨트였다. 물론, 각각 보면 나름 멋이 있었으나, 이것들을 한꺼번에 모은 것이 신준의 실수였다. 너무 신경 쓴 나머지 신준은 오히려 의도와는 다르게 패션 테러리스트가 되어 버린 것이다. 그래도 소희는 그런 신준이 싫지 않았다. 오히려 소희의 눈에는 그런 모습마저 귀엽게만 느껴졌다.

소희는 요즘처럼 더운 계절에 어울릴법한 하얀색 반팔 원피스를 입고 나왔다. 신준이 선택한 컬러풀함과 소희가 선택한 심플함이 함께 있으니 그 나름의 조화를 만들어 내는 것 같기도 했다.

"버스 왔다!"

신준은 얼른 버스 쪽으로 몸을 돌렸다. 하지만 소희의 웃음은 한참을 멈출 줄 몰랐다.

버스는 꽤 덜컹거렸다.

"야, 아직도 웃기냐?"

신준이 소희에게 심통 난 듯 말했다.

"호호호호, 너 어쩜 이렇게 웃긴 모습으로 나타날 수가 있니? 완전, 대박, 짱 웃겨!"

이렇게 말한 소희는 한쪽 어깨에 걸려 있던 핸드백에서 무언가를 주섬주섬 꺼내더니 신준에게 건넸다.

"먹을래?"

그것은 삶은 달걀이었다.

"왠지, 버스 타고 놀러 갈 땐 이런 걸 좀 먹어 줘야 할 것 같아서 말이지. 헤헤!"

신준은 소희에게서 달걀을 건네 받고서는 껍질을 꼼꼼하게 벗겨서 입으로 가져갔다. 흔들리는 버스 안에서 삶은 달걀을 먹는다는 건 생각보다 힘든 일이었다. 하지만 쏠쏠한 재미가 있었다. 신준은 슬쩍 소희 쪽을 보았다. 소희 역시 달걀을 오물오물 씹어 대며 창밖 풍경을 바라보고 있었다. 달리는 차창으로 들어오는 바람은 참으로 상쾌했다. 신준은 마치 영화처럼 소희와 함께 이어폰을 하나씩 귀에 꽂은 채, 음악을 들으면 딱 좋을 순간이라고 생각하면서도 그런 생각을 하는 자신이 꽤 우습다고 생각했다. 신준은 버스 안 다른 자리들을 훑어보았다. 사람은 별로 없었다. 기사님은 한쪽 손으로 핸드폰을 들고 전화를 하면서도 능숙하게 핸들을 돌리고 있었다. 창밖에 쌩쌩 지나가는 나무들은 여름 향기를 뿜어내며 짙푸른 풍경을 만들어 내고 있었고 풀벌레 소리들은 쉼 없이 두 귀를 파고들고 있었다. 오랜만에 느껴 보는 힐링의 순간이었다. 천천히 두 눈을 감으려는 찰나 소희의 목소리가 들려왔다.

"들을래?"

소희는 자신의 핸드폰과 연결된 이어폰 한쪽을 신준에게 건

버터 향 기억의 퍼즐

네고 있었다. 조금 전까지 혼자서 식상한 상황 전개라고 슬며시 웃던 바로 그 모습이 지금 신준 앞에 그대로 펼쳐지고 있었다. 식상하기는커녕, 오히려 신준의 가슴을 요동치게 만드는 설렘이 느껴져 왔다. 수많은 영화에서 봐 왔던 익숙한 장면. 하지만 역시 그것을 누구와 함께 하는 것인지가 가장 중요한 포인트. 영화 속 배우들에 의해 여러 번 연출된 장면이었다 해도 이제껏 단 한 번도 신준 본인이 주인공이었던 적은 없지 않았던가? 하지만 지금은 분명 신준이 주인공이었다.

신준은 조심스레 고개를 끄덕이며 소희로부터 한쪽 이어폰을 받아 자신의 귀로 가져갔다. 잔잔한 발라드 곡이 흘러나오고 있었다.

"「가로수 그늘 아래 서면」이라는 곡이야. 원래는 이문세라는 가수의 노래인데 워낙 명곡이어서 그런지 수많은 가수들이 리메이크했더라고. 물론, 다들 느낌이 조금씩 다르고 나름 자기 개성을 잘 살려서 리메이크를 하긴 했지만 그래도 난 왠지 임재범의 리메이크 버전이 가장 좋더라고. 그래서 이렇게 파일을 받아 핸드폰에 저장해 놓고서는 때때로 듣곤 해."

신준으로서는 처음 들어 보는 곡이었다. 임재범의 목소리는 신준의 가슴속 깊은 곳까지 파고들어 왔다. 조금 전 소희가 준 삶은 달걀을 먹을 때만 해도 막힌 목을 뚫어 줄 탄산음료가 필요하다고 생각하고 있었는데 감미로운 멜로디와 함께 퍼져 나가는 임재범의 목소리는 그 자체로 이미 청량감을 충분히 전해 주고 있었다. 노래가 클라이맥스를 지나 후반으로 이어지며 잔잔한 분위기로 마무리가 될 때쯤 신준은 소희에게 말했다.

"한 번 더 들려줄래?"

> 라일락 꽃 향기 맡으면
> 잊을 수 없는 기억에
> 햇살 가득 눈부신 슬픔 안고
> 버스 창가에 기대 우네

노래를 시작할 때 들려오는 가사가 신준의 마음을 또 한 번 흔들어 놓았다. 그렇게 다시 시작된 이 노래는 5분간 신준의 영혼을 완전히 지배했다. 훌륭한 음악이란 듣는 이의 영혼을 완벽히 지배하는 감미로운 독재자.

어느덧 신준과 소희는 서울에 도착했다. 버스는 그들을 광화문 버스 역에 내려주었다. 광화문 광장이 보이고 청계천 쪽으로 갈 수 있는 길이 보였다. 우선, 허기부터 채워야 할 것 같았다.

"내가 맛집 검색해 왔어."

소희가 신준에게 말하며 폰을 꺼내 며칠 전 미리 봐 두었던 블로그로 들어갔다. 그러고는 이내 말했다.

"따라와."

소희가 앞장서 걸었고 신준은 그녀를 뒤따랐다. 세종문화회관 뒤쪽에 있는 '새봄 떡국 국수'라는 음식점이었다. 소문난 맛집답게 식당 안은 손님들로 바글거리고 있었다. 어렵사리 빈 테이블을 찾은 신준과 소희는 떡국과 국수를 하나씩 시켜 나눠 먹기로 하였다. 얼마 지나지 않아 음식이 나왔고 새하얀 국물의 떡국 그리고 해물이 들어간 얼큰한 맛을 내는 국수를 함께 맛볼 수 있었다.

"음~ 정말 맛있다."

소희의 얼굴에는 자연스레 미소가 번져 나갔다. 신준 역시 생각보다 깊은 떡국의 국물 맛에 감탄을 금치 못하였다.

"내가 잘 찾았지?"

소희의 말에 신준은 떡을 오물오물 씹어 대며 고개를 끄덕였다. 그렇게 허기를 채운 두 사람은 함께 밖으로 나와 교보빌딩 지하에 있는 교보문고에 들르기로 하였다. 그래도 광화문에 왔으니 대한민국의 대표 서점인 교보문고는 들러야 한다는 생각에 서로가 뜻이 맞았던 것이다. 신준과 소희는 교보문고 쪽으로 향했다. 세종문화회관 앞 커다란 횡단보도를 건너 광화문 광장에서 지하철역과 이어지는 지하도로 들어가 교보문고 입구가 있는 쪽으로 함께 걸었다. 시시콜콜한 수다를 주고받으며… 원래 조용한 성격이었던 소희였으나 오늘은 어찌 된 영문인지 무척이나 수다쟁이가 되어 있었다. 물론, 신준 역시 꽤나 내성적인 성격이었다. 하지만 두 사람 모두 오늘만큼은 조잘조잘 끊임없이 대화를 이어 나갔다.

"그런데 있잖아. 와카타케 나나미의『헌책방 어제일리어의 사체』라는 작품에서 말이지…"

자연스레 화제는 책 이야기로 옮겨 갔다. 소희는 그녀의 이야기를 계속 하고 있었다.

"주인공인 이와자와 마코토가 회사에서 쫓겨나고 기분전환을 위해 어떤 호텔에 투숙하잖아?"

"그래서?"

"그러고는 거기에서 갑자기 불이 나고 웬 시체를 목격하게 되고 그래서 그 충격으로 인해 그녀는 원형 탈모중에 걸리고…"

계속 이어지는 소희의 말을 들으며 신준은 잠시 소희 쪽을 보았다가 이내 다시 앞을 바라보며 걸어가고 있었다. 소희는 책에서 읽은 내용을 신준에게 계속 얘기하였다.

"그러다가 탈모를 치료하기 위해 병원에 갔다가 갑자기 어떤 종교 집단에 감금되고 어렵사리 그곳에서 탈출을 하고…"

이렇게 말하던 소희는 갑자기 '피식' 하고 웃었다. 재미있게 읽었던 그 책의 느낌이 다시 한번 그녀의 머릿속에서 생생하게 되살아났기 때문이었다.

"갑자기 그건 왜?"

신준은 교보문고로 들어가는 유리문을 열어 젖히며 물었다.

두 사람은 교보문고 안으로 들어갔다. 커다란 책꽂이 곳곳에는 엄청나게 많은 책들이 빈틈없이 꽉꽉 들어차 있었다. 처음 보는 서점의 큰 규모에 두 사람은 감탄하지 않을 수 없었다. 늘 동네 서점만을 가 보았던 이들에게는 이 정도 규모의 서점이 있다는 것이 그저 놀라울 따름이었다.

"그런데 아까 그 얘기는 왜 한 거야?"

신준은 이내 소희가 왜 갑자기 와카타케 나나미의 추리 소설 내용을 이야기한 것인지 물어보았다.

"아아, 그냥, 오늘 우리한테도 그 소설의 주인공인 이와자와 마코토처럼 뭔가 멋지고 신선한 일이 일어났으면 해서…"

"뭐?"

신준은 상상만 해도 싫다는 듯 얼굴을 약간 찌푸리며 말했다.

"말도 마! 그럼 지금 여기 교보문고에서 불이 나고 우리는 갑자기 도망치다가 버스를 놓쳐서 결국 여기 어딘가의 모텔을 잡아서, 일단 뭐 주인공처럼 호텔 잡을 돈은 없으니까 말이야. 아무튼 그래서 거기에서 자려고 했는데 갑자기 뜻하지 않게 그곳에서 시체를 목격하게 되고, 그리고 너랑 나랑 피의자 신분으로 경찰에 끌려가 심문을 당하다가 스트레스로 원형 탈모가 생기게 되고 그러다가 어떤 경찰로부터 자신이 믿고 있는 어떤 사이비 종교 같은 것을 믿도록 권유받고 신자가 되면 이곳에서 나가게 해 주겠다는 회유에 넘어가서 그곳의 신자가 되고… 뭐, 대략 이런 스토리를 원하는 거야, 지금 너?"

신준은 그렇게 말하며 소희 쪽을 바라보았다. 소희는 마치 이웃 나라의 백마 탄 왕자로부터 백 송이의 장미라도 받은 공주라도 된 것 같은 표정을 지으며 말했다.

"어머나! 완전 재밌겠다."

두 사람은 교보문고 이곳저곳을 둘러보았다. 서점은 책의 주제별로 잘 정리되어 있었다. 경제경영, 과학, 소설, 자기계발 등등. 두 사람은 여기저기 돌아다니며 꼼꼼히 책들을 살펴보다가 어느새 종교 관련 서적이 있는 곳에 들르게 되었다. 기독교나 불교 관련 책들이 대부분이었다. 신준과 소희는 모두 특별히 믿고 있는 신은 없었다. 그러나 오히려 이런 점이 두 사람에게 더 호기심이 생기게 했다. 신준은 기독교 관련 책을 한 권 뽑아서 펼쳐 보았고 소희도 옆에서 비슷한 책을 꺼내 보고 있었다. 목

차를 살펴보고 있을 때쯤 누군가 다가와 신준과 소희에게 말을 걸었다.

"저기, 혹시 성경 공부 같이 해 보실래요?"

덥수룩한 머리에 검정색 뿔테 안경을 쓴 약간은 뚱뚱한 체구를 가진 남자였다. 대략, 나이는 20대 초반 정도 되어 보였다. 신준은 당연히 이 남자를 피하며 그럴 생각이 없다고 말하려던 참이었으나 갑자기 소희의 경쾌한 목소리가 들려왔다.

"네! 좋아요!"

신준은 깜짝 놀라 소희 쪽을 바라보았다. 소희는 마치 재미있는 건수라도 하나 건진 듯한 표정이었다. 소희의 표정에 어떤 만화 작가가 말풍선을 그려 넣는다면 그 대사는 거의 '이런 걸 기다렸어요!' 정도가 되지 않을까 하는 그런 표정이었다. 소희는 지금 와카타케 나나미의 마법에 단단히 걸려 본인이 마치 이와자와 마코토라도 된 양 착각하고 있는 게 틀림없었다. 하지만 어쩌겠는가? 소희에게 와카타케 나나미의 책을 추천한 사람은 바로 신준, 본인이었으니 이러한 상황 전개의 책임이 그에게 있다고 해도 달리 할 말은 없었다.

어느새 신준은 소희와 함께 그 의문의 뿔테 안경 남자를 뒤따르고 있었다. 소희는 그저 싱글벙글이었다. 드디어 자기도 소설

속의 주인공이 되었다고 생각하는 게 분명했다. 다행히 와카타케 나나미의 소설에서는 여주인공이 탈출에 성공하니까 자신들도 무사히 잘 탈출하는 마무리가 될 것이라고 애써 생각해 보는 신준이었다. 얼마 뒤 이들은 종로 2가 쪽에 있는 허름한 건물 앞에 다다랐다. 그리고는 그곳 3층에 있는 반짝 교회라는 곳으로 향했다. 문을 열고서 안으로 들어가 보니 20대부터 50대에 이르기까지 다양한 연령층의 사람들이 대략 8명 정도 둘러앉아 모여 있었다. 신준은 잠시 멈칫하였으나 소희는 벌써 신발을 벗고서 그 무리 쪽으로 성큼성큼 걸어가고 있었다. 신준도 할 수 없이 신을 벗고서 마룻바닥에 발을 올렸다. 가장 나이가 들어 보이는 어떤 아저씨가 웃으며 인사를 건넸다.

"오! 형제, 자매님들 환영합니다. 이곳에 오셨다는 건 벌써 천국에 한걸음 가까워졌다는 것이지요. 우리 모두 새로 오신 두 사람을 위해 환영 인사를 할까요?"

이렇게 말하자 주변의 모든 사람들이 동시에 영화 대사를 읊조리듯 말했다.

"형제, 자매님. 진심으로 환영합니다. 주의 은총이 함께 하기를!"

그다음 두 손을 들고서 반짝반짝 하는 동작을 참으로 열심히 하기 시작했다. 이런 인사를 받아 본 적이 과연 언제였을까? 기억이 잘 나지는 않지만 아마도 유치원 때에나 이런 인사를 해 보았을지도 모른다고 생각해 보는 신준이었다. 신준은 일단 고개를 숙이며 함께 인사를 했다. 소희는 마치 이곳에 이미 와 본 적이 있는 사람이라도 되는 양 환하게 웃으며 그들처럼 반짝반짝 동작을 해 보이고 있었다. 어느 정도 인사가 마무리되자 기타를 든 어떤 사람의 반주에 맞추어 찬송가를 몇 곡 했다. 노래에 이어 그 50대 아저씨의 설교가 시작되었다. 이 아저씨가 이곳의 목사님임에 틀림없었다.

"타락한 이 세상에 독생자 예수를 보내신 여호와의 은총에 기뻐할지니라!"

이렇게 시작한 그의 설교는 시간이 흐를수록 어딘가 이상한 방향으로 흘러가고 있었다. 비록 신준이 크리스천이 아니라고는 하나 그 설교의 이단성을 충분히 알 수 있었다. 신준은 휙 하며 고개를 소희 쪽으로 돌려보았으나 소희는 그런 것은 별로 개의치 않은 듯 이 모든 상황들을 한껏 즐기고 있는 표정으로 싱글벙글 웃고만 있었다.

"그러니까 형제, 자매님들. 처음에는 독생자를 보내셨으나 이 세상의 죄과가 모두 씻기지 않았기에 예수 혼자서는 도대체가 감당이 안 되더라는 거지. 그래서 우리 형인 예수를 대신하여 내가 바로 지금 이곳 한반도에 있다는 사실을 믿습니까? 믿는 사람은 다함께 손을 반짝반짝!"

그러자 주변의 모든 사람들이 양손을 들고서 반짝반짝 앞뒤로 손을 흔들어 댔다. 물론, 신준도 함께 하지 않을 수 없었다. 목사님의 설교가 마무리된 후 교보문고에서 이곳으로 안내한 덥수룩한 머리의 뿔테 안경 청년이 신준에게 축복을 받기 위한 마지막 수순으로 옆방으로 가 제사를 지내야 한다는 얘기를 전하였다. 도대체가 기독교에서 제사라니?

신준은 소희와 함께 옆방으로 가 돼지머리가 있는 고사상에서 복을 비는 제사를 올렸다. 돼지머리 앞에는 십자가 장식이 놓여 있었다. 그렇게 신준과 소희는 돼지머리와 십자가 앞에 두 번의 절을 올렸다. 모든 건 덥수룩 뿔테 안경이 시키는 대로였다. 제사가 마무리될 때쯤 덥수룩 뿔테 안경은 원기둥 형태의 작은 통을 가져와 이곳에 마음이 가는 만큼 헌금을 하면 된다는 말을 하였다. 신준은 단돈 백 원도 아까웠으나 지금 이곳에서 안전하게 나가기 위해서는 최소 만 원 이상은 해야 할 것만 같았다. 신준이 지갑을 꺼내자 덥수룩 뿔테 안경 청년이 신준을 매서운 눈초리로 쳐다보았다. 만 원짜리 한 장을 지갑에서 꺼내어 헌금을 하려 하자 덥수룩 뿔테 안경 청년은 웃음을 지어 보이며 신준에게 말했다.

"장난하면 벌 받습니다."

표정은 웃고 있었으나 뼈가 있는 협박이라는 것쯤은 누구라도 충분히 느낄 수 있었다. 그의 말에 아무런 대꾸도 하지 못한 채 신준은 지갑에서 다시 오만 원짜리 지폐를 꺼내었다. 이때 소희가 끼어들며 따져 물었다.

"아니! 아저씨! 분명 우리더러 성경 공부를 같이 하자며 데려 와 놓고는 이렇게 돈을 갈취해도 되는 건가요?"

그 뽈테 안경 청년의 낯빛이 어두워지고 있었다.

"아니, 그게 아니고 헌금을 하라는 거죠, 헌금을!"

청년의 대답에 소희는 더욱 정색을 하며 한층 더 목소리를 높 여서 대꾸했다.

"헌금을 하고 안 하고는 우리 마음이죠. 게다가 헌금을 얼마 를 하든지 간에 아저씨가 왜 상관하세요? 참고로 우리 아빠가 경찰이시거든요. 이래도 되는 건지 지금 당장 전화해서 물어봐 야겠어요."

소희의 아버지는 경찰이 아니었다. 하지만 소희의 거짓말이 꽤나 효과적으로 통한 듯했다. 덥수룩 뽈테 안경 청년은 손사래 를 치며 사정하듯 말했다.

"알았어, 알았어. 그래도 너희들을 위해서 제사도 지내고 했 으니 어느 정도는 헌금을 좀 해 줘."

소희는 주머니에 손을 넣더니 거기서 백 원짜리 동전을 꺼내 헌금 통 안에 집어넣었다.

"여깄어요, 헌금! 교회에서 제사라니! 별로 믿음이 안 가 헌금은 백 원만 합니다."

이렇게 말하고는 신준의 손을 잡고서 그 건물을 빠져나왔다. 건물을 나온 뒤 한동안 둘은 빠른 걸음으로 앞쪽만을 바라보며 성큼성큼 걷기만 했다. 얼마 뒤, 사람들이 많이 지나다니는 큰 거리로 나오자마자 소희는 갑자기 큰 소리로 웃기 시작했다.

"푸하하하하하하!"

소희의 호탕한 웃음에 사람들이 모두 소희와 신준을 쳐다보며 지나갔다. 신준은 얼굴을 찌푸리며 소희에게 핀잔을 주었다.

"뭐가 우스워. 하마터면 큰일 날 뻔했는데…."

하지만 소희는 개의치 않고 여전히 '큭큭' 웃어 대며 신준에게 말했다.

"너 아까 완전 얼어붙어서 오만 원 내려고 했었지?"

신준의 얼굴이 새빨갛게 변했다.

"아냐!"

"아니긴 뭐가 아냐! 호호호."

소희는 여전히 재미있다는 듯 웃음을 멈출 줄 몰랐다. 그런 소희에게 신준은 말도 안 되는 변명을 늘어놓으려 했다.

"난, 그러니까, 아무튼, 그~"

"그~ 뭐~? 호호호호."

소희는 짓궂게 웃으며 신준에게 대답을 종용했다.

"난 정말 그 예배가 감동스러워서 마음에서 우러나와 헌금을 하려 했던 거야!"

신준의 대답에 소희는 또 한번 파안대소를 하지 않을 수 없었다.

"아~ 그러세요? 그럼 내가 괜한 짓 했네. 그 오만 원은 차라리 헌금을 하게 내버려 두는 건데 말이야."

신준은 아무 말도 못한 채 소희의 눈을 피해 먼 곳만을 바라볼 뿐이었다.

"그럼, 어차피 헌금 하려 한 그 오만 원으로 내게 오늘 서울 여행 기념 선물 사 주면 되겠다."

"뭐?"

"왜? 어차피 헌금했으면 없어질 돈이잖아."

"흥! 네가 애초에 그 뿔테 안경을 따라가지 않았다면 이런 일도 없었잖아."

소희는 두 눈을 동그랗게 뜨면서 말했다.

"무슨 소리야? 너 방금 그 예배가 좋았다면서. 그건 모두 내가 그 뿔테 안경을 따라갔기 때문에 네가 맛볼 수 있었던 즐거움이잖니? 넌 그런 이유로 지금 내게 고마워해야 하는 입장인 거야."

그렇게 장난 섞인 논쟁을 한바탕 치른 뒤 둘은 큰길을 더 걸어가 인사동 쪽으로 향했다. 그곳에는 다양한 미술품과 기념품들이 즐비했다. 함께 이곳저곳을 걸으며 인사동에 있는 여러 미술 작품들을 감상했다.

"저게 좋겠다."

소희가 손으로 가리킨 곳을 보니 그곳에는 나무로 조각된 조그마한 하회탈이 보였다.

"네가 오늘 내게 줄 여행 기념 선물, 어때?"

"흥!"

신준은 코웃음을 치는 척하였으나, 실은 소희에게 오늘을 기념할 선물을 하나 주고 싶은 것이 진짜 속마음이기는 했다. 오히려 소희가 더 좋은 선물을 골랐으면 하였다. 하지만 소희를 보니 그 하회탈을 마음에 쏙 들어 하는 눈치였다.

"너랑 닮았다."

들릴 듯 말 듯한 소희의 혼잣말이었다.

/

나얼 놀이

/

"진우 쌤! 이 문제를 잘 모르겠어요."

고등학생들에게 있어 겨울방학이란 다음 학년의 공부를 미리 준비하는 무척이나 중요한 시간이다. 지효도 요즘 들어 선생님에게 적극적으로 질문을 하며, 처음 이 학원에 왔을 때보다 훨씬 더 열심히 하는 모습을 보여 주었다. 진우는 학생들의 질문에 늘 꼼꼼히 답해 주었는데 학생들이 이해가 되었다는 표정을 지을 때면 상당한 뿌듯함을 느끼곤 했다. 오늘도 자습실에는 많은 학생들이 나와 공부를 하고 있었다.

그런데 진우는 요 며칠간 예비 고2 학생들의 분위기가 달라졌다는 것을 느낄 수 있었다. 그것은 소희가 학원에 등록하고 나서부터였다. 이제 곧 고등학교 2학년으로 올라가는 학생들의 반에 무언가 어색한 기류가 생겨났기 때문이다. 진우가 판단컨대 이상기류의 근원은 경은, 신준 그리고 소희였다. 소희는 경은, 신준과 전혀 말을 섞지 않았던 것이다. 물론, 지금 다니고 있는 학교가 소희만 다르기 때문일 수도 있다. 경은, 신준은 같은 학교였지만 소희만 달랐던 것이다. 그래서 새로 온 학생인 소희가 이들을 잘 모르기 때문에 어색한 것일 수도 있다고 처음에는 그렇게 생각했었다. 하지만 금방 이런 생각이 틀렸다는 게 드러났다. 왜냐하면, 지효가 때때로 소희와 대화를 나누곤 했는데 이를 보면 지효와 소희는 서로 아는 사이라는 것을 알 수 있고, 친구들 사이에 어색한 분위기를 싫어하는 지효가 분명 적극적으로 나서서 얼른 소희를 다른 친구들에게 소개시켜 줄 것이 뻔했기 때문이다. 하지만 이번에는 별로 그런 모습은 볼 수 없었고 소희는 지효를 제외하고는 그다지 다른 학생들과는 말을 섞지 않은 채 여러 날이 지나갔던 것이다. 게다가 경은과 소희가 어쩌다 학원 통로 좁은 곳에서 마주칠 때면 서로 표정이 굳어진다는 것쯤은 누가 보아도 알 수 있을 정도였다. 이들 사이에 무언가 사연이 있을 수도 있다고 생각한 진우는 슬며시 지효에게 물어보았다. 학원의 수업이라는 것이 학생들의 관계에 따라서 그 분위기가 상당히 달라질 수 있기 때문에 학원 선생님들은 늘 학생들 간의 갈등 관계에 민감하게 반응하지 않을 수 없었다.

버터 향 기억의 퍼즐

때때로 별것 아닌 것 같았던 작은 갈등이 어떤 학생으로 하여금 더 이상 학원에 나오지 않게 만드는 요인이 되기도 하는데 이런 일은 생각보다 비일비재하기 때문이다.

"그러니깐, 그게 말이죠…."

지효는 말하기 곤란한 듯 말을 흐렸다. 그러다가 갑자기 표정을 바꾸며 말했다.

"쌤, 맨입으로는 안 되죠!"

이렇게 뜻밖의 딜(deal)을 걸어오는 것이 아닌가? 작은 것이라 해도 어쨌든 자신에게 어떤 유효한 카드가 주어졌다고 판단되면 이를 반드시 본인에게 유리하게 활용하고야마는 지효의 알뜰살뜰한 성격이 이번에도 유감없이 발휘되고 있었다.

"그, 그러면, 뭘 원하는데?"

오히려 긴장한 쪽은 진우였다.

"헤헹! 집까지 바래다주기!"

"응? 너네 집 여기서 다닐 만하잖아? 버스 타면 별로 오래 안 걸릴 텐데?"

"그게 말이죠, 실은 얼마 전에 우리 집이 이사를 했거든요. 그래서 지금은 꽤 멀어졌어요. 그러다 보니 버스를 타면 여기저기 돌다가 늦게야 우리 집 쪽으로 가서 말이죠. 그래서 이제는 엄마가 데리러 오시곤 해요. 그런데 그런 엄마도 어제 아빠랑 여행을 떠나셨거든요. 그러니 엄마 아빠가 여행에서 돌아오기까지 일주일 정도만 쌤 차를 좀 얻어 타야겠어요."

늦은 밤 학원을 마치고 돌아가는 길, 지효는 진우의 차 조수석에 앉아 집으로 귀가하고 있었다.

"쌤, 다른 노래는 없나요?"

진우는 예전에 즐겨 듣던 노래들을 그의 차 하드디스크에 파일로 저장해서 듣곤 했다. 진우에게는 명곡처럼 느껴지는 노래들이 지효에게는 그저 그런 옛날 노래들에 지나지 않았다. 지효는 답답한 듯 진우의 차에 달린 터치스크린을 마구 눌러 대며 본인이 좋아하는 노래가 있는지 계속 찾아보는 중이었다.

"아니, 쌤! 무슨 서태지 노래도 있어요?"

지효의 목소리에는 어이가 없다는 듯한 그녀의 감정이 고스란히 전해져 왔다. 이에 진우는 발끈하며 되물었다.

"서태지가 어디가 어때서?"

진우에게 있어, 아니 그와 동시대의 세대에게 서태지의 음악이란 그들을 완전히 새로운 세계로 인도해 주었다는 점에서 마치, 이스라엘 민족을 약속의 땅으로 인도해 준 모세와도 같은 존재였다. 늘 서양의 팝음악보다 못하다는 열등감을 가지지 않을 수 없었던 시절에 어느 날 등장한 서태지의 음악은 우리도 문화적으로

더 이상 꿀릴 필요가 없다는 희망을 주었고 우리 음악이 한류열
풍이라는 이름으로 아시아를 넘어 세계로 나아갈 수 있는 계기
를 만든 최초의 씨앗이었다고 생각하는 진우였다. 그래서였을까?
지효의 말에 진우 자신도 모르게 욱하는 반응을 보였던 것이다.

"푸하하하하하! 쌤, 아무리 그래도 요즘 누가 서태지를 들어요?"

진우의 반응쯤은 사뿐하게 무시한 채로 지효는 계속 터치스
크린을 누르며 음악 목록을 훑어보고 있었다.

"아! 이 노래 내가 좋아하는 거!"

지효는 '바람기억'이라는 글자를 눌러 음악을 플레이시켰다.
감미로운 나얼의 목소리가 들려오는 듯했으나 이내 그 목소리
는 지효의 목소리로 뒤덮였다. 진우의 옆자리에 앉아 있던 지효
가 마치 본인이 나얼이라도 된 양 그의 온갖 고급 테크닉을 흉
내 내며 「바람기억」을 불러 댔던 것이다. 자신의 노래에 한없이
심취한 지효는 어느새 진우와의 약속 따윈 완전히 잊어버린 것
같았다. 지효가 일주일 동안 진우의 차를 타고 가기로 한 것은
분명 소희와 경은 그리고 신준과의 어색한 분위기 뒤에 숨겨진
그들의 비하인드 스토리를 들려주기로 했기 때문에 이루어진
딜이었다. 하지만, 지효는 지금 한창 나얼 노래를 부르느라 정신
이 없었다. 그날 진우는 지효를 집 앞까지 바래다주며 「바람기
억」을 5번 넘게 들어야 했다. 하지만, 진우의 귀에 맴도는 것은

나얼의 목소리라기보다는 지효의 목소리였다.

"쌤, 안녕히 가세요!"

차에서 내리며 이 한마디만을 남긴 채, 지효는 사뿐사뿐 뛰는 듯 걷는 듯 자신의 아파트 건물 안으로 그렇게 들어가 버렸다. 정작 진우가 들으려 했던 이야기는 시작조차 하지 못하고 그녀는 그 자리를 획 하고 떠나가 버린 것이다. 진우는 혼자 쓴웃음을 지으며 속삭였다.

"쟤는 나얼 놀이만 하다 가네!"

다음 날 학원이 끝난 늦은 밤, 역시 진우는 약속대로 지효를 집 앞까지 바래다주고 있었다. 하지만 이번에는 지효가 에일리 놀이에 심취해 버렸다. 차에 타자마자 에일리의 「노래가 늘었어」라는 곡을 틀더니 역시 예의 그 R&B 창법으로 집에 도착할 때까지 계속 노래만 불러 댔던 것이다. 이런 식으로 훌쩍 1주일이 흘러 어느새 마지막으로 지효를 바래다주는 날이 되었다. 진우는 오늘은 꼭 지효로부터 듣기로 한 이야기를 듣고야 말겠다고 다짐하고 있었다. 학원 건물 1층 정문 앞에서 기다리고 있는 지효 쪽으로 진우가 차를 운전해 왔다. 그런데 뜻밖에 지효는 경은과 함께 있는 것이었다.

"쌤, 오늘은 경은이도 함께 탄대요. 경은이가 버스를 놓쳤다네요."

"쌤, 오늘은 저도 좀 탈게요."

둘은 거의 동시에 이렇게 말하며 진우의 차에 훌쩍 올라탔다. 경은이 있는 앞에서 지효로부터 그 이야기를 들을 수는 없는 노릇이었다. 진우는 '결국 오늘도 답변을 들을 수는 없겠구나'라고 생각하며 다소 실망한 표정으로 운전을 시작했다. 차라리 지효가 마음껏 노래를 부를 수 있도록 음악의 볼륨을 높이는 것만이 그가 할 수 있는 전부였다. 지효는 진우 옆 운전자 보조석에 앉자마자 터치스크린을 누르며 노래를 고르고 있었다. 얼마간의 시간이 흘렀을까? 이번에는 아이유의 노래 「하루 끝」을 선택한 듯했다. 뒷자리에 앉은 경은과 함께 컬래버를 이뤄 화음까지 넣어가며 아이유 놀이를 시작하였다. 둘은 모두 누가 누가 더 아이유와 비슷한지 경쟁하듯 아이유의 노래 「하루 끝」을 반복해서 틀어가며 집에 도착할 때까지 쉼 없이 그 노래를 불러 댔다. 듣는 이로 하여금 참으로 정신줄을 놓게 만드는 화음이었다.

"쌤, 안녕히 가세요."

두 학생으로부터 들은 말의 전부였다. 결국, 원하던 정보를 하나도 얻지 못한 채 일주일이 모두 흘러간 셈이었다. 두 학생 모두 사뿐사뿐, 깡총깡총 경쾌한 스텝을 밟으며 자신들의 집으로 들어가 버렸다. 진우는 '후!' 하는 한숨만을 내쉰 채 차를 돌렸다. 한참, 운전을 하고 있던 중 진우의 핸드폰으로 문자가 전송

나얼 놀이

되었다. 잠시 갓길에 차를 세운 진우는 문자의 내용을 읽기 시작했다. 지효로부터 전송된 문자였다.

- 아차차! 쌤! 하마터면 깜빡 잊을 뻔했네요~ ㅋㅋㅋ 그러니까 소희와 경은이가 왜 서로 어색한 사이냐 하면 말이죠~

이렇게 시작된 문자에는 그 두 사람 사이에 예전 학교에서 있었던 일들이 꽤나 자세히 적혀 있었다. 하지만 신준이까지 왜 소희와 서먹한 사이가 되었는지에 대해서는 지효도 모른다며 그건 본인으로서도 꽤나 궁금한 점이라고 적혀 있었다. 어쨌거나 진우로서는 둘 사이에 상당히 큰 사건이 있었다는 사실을 비로소 알게 된 셈이었다. 진우가 예상했던 것과는 너무도 다른 사건이었다. 전교생들 앞에서 싸움을 했던 두 사람이 지금 같은 학원 같은 교실에서 공부를 하고 있는 것이다. 이제 와서 어떻게 화해를 시켜 보기에는 너무도 큰 스케일의 사건이었던 것이다. 내용을 알게 되니 답답함이 더욱 커져 버린 것 같았다. 진우는 자동차 모니터의 터치스크린에서 나얼의 「바람기억」을 선택한 뒤 나얼의 흉내를 내며 혹은 지효의 흉내를 내며 그렇게 소리 높여 그 노래를 불러 보았다. 잠시나마 그저 나얼 놀이에 심취하고 싶은 진우였다.

버터 향 기억의 퍼즐

죽으면 안 돼!

/

늦은 밤, 자습실에는 신준과 소희만이 남아 공부를 하고 있었다. 신준은 슬쩍 소희 쪽을 돌아다보았다. 소희는 계속 공부에 여념이 없었다. 신준은 다시 자신의 책상 위로 눈을 돌리는가 싶더니 또다시 소희 쪽을 돌아다보며 작정한 듯 소희에게 말을 걸었다.

"야! 은소희!"

신준의 목소리에 소희는 고개를 돌려 신준을 바라보았다.

"왜?"

간결한 소희의 대답이었다. 신준은 막상 소희에게 달리 할 말이 떠오르지 않아 순간 머뭇거렸다. 소희는 잠시 신준을 바라보다가 공부하던 책으로 고개를 돌리려 했다. 이때, 신준의 목소리가 다시 들려왔다.

"너, 어떻게 그렇게 나를 완전하게 무시할 수가 있어?"

소희는 신준 쪽을 바라보는 듯 싶더니 이내 공부하던 책으로 고개를 돌려 버렸다. 이 모습에 신준은 정말로 화가 난 듯 소희에게 크게 외쳤다.

"야!"

소희는 신준을 휙 돌아다보며 함께 목소리를 높였다.

"야! 박신준! 너랑 나랑 뭐 있었니? 나 여기 공부하러 왔어! 학원에서 공부하겠다는데 도대체 무슨 말을 하자는 거야? 네가 무슨 내 남친쯤 되니? 나, 너랑 아무 상관 없는 사람이니까 조용히 좀 해 줄래?"

이때, 학원 원장 선생님이 자습실에 들어왔다.

"야! 너희들 지금 어디서 큰소리들이야? 지금 여기는 공부하는 학원이야!"

원장 선생님은 신준과 소희에게 불호령을 내렸다.

"죄송합니다."

두 사람 모두 쭈뼛대며 말했다. 원장 선생님이 나간 뒤 소희와 신준 사이에는 무거운 침묵만이 남게 되었다. 잠시 뒤, 신준은 소희에게 말했다.

"미안하다, 남자친구도 아닌 게 혼자 괜히 오버해서⋯. 하던 공부 마저 해라."

신준은 그러곤 고개를 돌려 버렸다.

소희의 두 눈에는 소리 없이 눈물이 흘러 내렸다. 공부를 계속 이어 가려 했으나 눈물이 멈추지 않아 더 이상 공부를 할 수가 없었다. 소희는 그렇게 조용히 가방을 챙기고서 밖으로 나갔다. 밤공기는 차가웠다. 소희는 눈물을 닦아 내며 그저 한쪽 발을 다른 쪽 발 앞으로 내디딜 뿐이었다. 얼마나 걸었을까, 소희의 핸드폰에서 진동이 울리기 시작했다. 소희는 천천히 자신의 폰을 들고서 입을 열었다.

"여보세요?"

나지막한 소희의 목소리와는 달리 다급한 목소리가 핸드폰 너머 들려왔다.

"언니! 지금 엄마가!"

동생의 다음 이야기는 소희의 귀에 더 이상 들리지 않았다. 단지 '지금 엄마가!'라는 그 한마디만 듣고서 바로 집을 향해 내달리기 시작한 것이다. 집까지는 상당히 먼 거리였지만 멈추지 않고 달리고 또 달렸다. 숨은 턱 끝까지 차 오른 지 이미 오래! 드디어 집 앞 현관까지 다다랐다.

"엄마!"

문을 열자마자 소희는 엄마를 찾으며 집 안을 둘러보았다. 엄마는 동생과 함께 거실 한쪽 끝에 있는 의자에 앉아 있었고 구급대원으로 보이는 아저씨가 웃으며 소희에게 말을 건넸다.

"아! 엄마는 이제 괜찮아요."

소희의 엄마는 소희를 바라보며 웃음 지었다.

"우리 소희, 엄마가 걱정됐던 거야?"

소희는 엄마의 미소를 보니 더욱 감정이 북받쳐 올라왔다. 그대로 자신의 엄마에게 달려가 와락 안기며 큰소리로 울기 시작했다.

"엄마! 죽으면 안 돼! 엄마마저 죽으면 안 돼!"

"얘는, 무슨 말을 그렇게 하니?"

소희의 엄마는 소희를 안아 주었고 소희의 동생도 엄마와 언니를 보며 조용히 눈물을 흘렸다.

소희의 엄마는 그동안 직장에서의 과도한 일 때문에 피로가 쌓여 순간적인 빈혈 증세를 보이며 쓰러졌던 것이다. 이를 본 동생이 다급히 119에 신고를 했고 구급대원들이 오자마자 응급조치를 취하였던 것이다. 단순한 과로일 뿐 심각한 병세는 아니었다고 판단한 구급대원들은 소희의 어머니에게 만약을 대비해서 필요하다면 다음 날 병원에서 검진을 받아 보는 것도 나쁘지 않다는 정도의 권고만 하고서 돌아갔다.

/

부자(父子) 대화

/

　늦은 밤, 신준은 시무룩한 표정으로 학원 밖으로 나왔다. 겨울의 밤바람은 매서웠지만 모든 감각이 마비된 듯 신준은 아무 느낌도 없이 앞으로 걸어가기만 할 뿐이었다. 그렇게 얼마나 걸었을까? 갑자기 그는 집으로 향하던 발길을 돌려 번화가 쪽으로 향했다. 밤의 네온사인은 화려하기만 했다. 음식점, 술집 그리고 노래방에 이르기까지 밤의 향연이 유감없이 펼쳐지고 있었다. 신준은 화려한 밤의 거리 한쪽 귀퉁이에 있는 조그마한 초밥 전문집으로 들어갔다. 이미 영업을 마치고 뒷정리를 하고 있는 중이었다.

　"아버지!"

　신준의 목소리에 가게를 정리하던 중년의 남자가 신준을 바라보았다.

"어! 신준이냐? 가게에는 웬일이야?"

신준의 아버지는 뜻밖이라는 표정을 지었다.

"아! 그냥요. 지나던 길에 잠시 들렀어요. 좀 도와드리려고…."

"그러냐?"

신준의 아버지는 피식 하고 웃은 뒤 하던 일을 계속했다. 신준은 얼른 가게 안의 흐트러져 있던 의자와 상을 바로 맞추며 가게 청소를 시작했다. 부자는 말없이 묵묵히 뒷정리만을 하고 있었다. 그러다 신준이 아버지를 향해 조심스레 입을 열었다.

"아버지! 아버지는 엄마가 원망스럽지 않아요?"

뜻밖의 질문에 신준의 아버지는 순간 멈칫하지 않을 수 없었다. 한번도 자신의 아들이 이런 질문을 했던 적이 없었기에 신준의 이러한 물음은 그를 당혹하게 만들었던 것이다. 하지만 신준의 아버지는 이내 슬며시 미소를 지으며 천천히 입을 열었다.

"글쎄, 갑작스러운 질문이구나. 하지만, 그동안 너도 많이 궁금했겠지. 나와 네 엄마의 사정이나 혹은 나의 생각 같은 것들이…."

신준은 아무 말도 하지 않은 채 아버지 쪽을 바라보고만 있었다. 신준의 아버지는 창밖을 응시하며 신준의 질문에 답하기 시작했다.

"처음에는 많이 원망스러웠어. 네가 태어나고 얼마 지나지 않아 갑자기 쪽지 한 장만을 남겨 둔 채 네 엄마는 그렇게 집을 나가 버렸지. 지긋지긋한 가난이 견딜 수 없다고⋯. 그러니 자신을 찾지 말라며⋯."

신준의 아버지는 크게 한숨을 쉬고는 이야기를 이어 갔다.

"네가 이제 나이도 충분히 들었으니 모든 사실을 다 얘기하마. 비록 남기고 간 쪽지에는 찾지 말라고 되어 있었으나 어떻게 그럴 수 있겠니? 이곳저곳 수소문한 끝에 난 네 엄마가 사는 곳을 찾았단다. 하지만 그곳에는 네 엄마만 살고 있는 것이 아니었어. 나도 약간 일면식이 있는 어떤 사람과 함께 동거를 하고 있었지."

아버지의 얘기를 들은 신준은 깜짝 놀라지 않을 수 없었다. 자신의 엄마가 집을 나갔다는 것은 중학생 이후로 이미 알고 있는 내용이었지만 다른 남자와 동거를 하고 있었다는 얘기는 처음 듣는 것이었다. 물론, 어느 정도 상상을 해 본 적은 있으나 막상 아버지의 입에서 그런 증언을 듣게 되니 괜히 자기가 죄를 지은 양, 아버지에게 미안해지는 신준이었다.

"복잡한 심경이었어, 그때의 난. 하지만 그냥 돌아서기로 했지. 멀리서 내가 아는 사람과 네 엄마가 함께 웃으며 길을 걷는 모습을 보았을 때 피가 거꾸로 솟구치는 것 같았으나 이내 난 그냥 외면하고 돌아섰지. 돌아오는 길에 얼마나 울었는지 몰라. 그때 많은 생각을 했어. 사실, 네 엄마가 그런 선택을 한 데는 내게도 많은 잘못이 있었어. 난 그때까지만 해도 변변찮은 일자리 하나 없이 그야말로 하루 벌어 하루 먹고사는 그런 일들만을 하고 있었거든. 지금처럼 이 아빠가 이렇게 조그마한 음식점이라도 하나 할 것이라고는 전혀 생각할 수 없던 시절이야. 사실, 네 엄마의 가출이 오늘의 나를 있게 만들었다고 해도 과언이 아니야. 그날 이후로 이를 꽉 물고 죽도록 노력했거든. 닥치는 대로 일을 했고, 사소한 것 하나라도 더 배우려고 했지. 그러다 보니 우연찮게 식당에서도 일하게 되고 그곳에서 어깨너머로 배운 기술로 이렇게 초밥집을 하나 운영할 수 있게 된 거야."

신준은 아버지의 얼굴을 보았다. 아버지의 표정은 꽤나 담담해 보였다. 잠깐 동안의 침묵이 이어지고 신준이 아버지에게 나직이 속삭이듯 물었다.

"아버지는 엄마를 용서하신 건가요?"

아버지는 신준을 바라보며 천천히 입을 열었다.

"신준아. 난 말이지, 인간이란 본래가 누군가를 평생 미워할 수 없는 그런 마음을 가지고 있다고 생각해. 다시 말해, 아무리 불구대천의 원수라고 해도 시간이 흐르고 세월이 지나면 그 마음은 사라지고 용서를 하거나 아니면 결국 그 비슷한 것을 하게 되지. 누군가를 계속 미워하려는 그 노력이야말로 자기 자신을 괴롭히는 것이거든. 네 엄마가 집을 나가고 6개월쯤 흘렀을까, 어느 날 다시 찾아와 내게 이혼 서류를 내밀더구나. 아무 말 않고서 그 서류에 서명을 해 주었어."

아버지는 잠시 말을 멈추었다가 다시 말을 이어 나갔다.

"신준아. 용서를 할 수 있는 입장에 있다는 건 오히려 행복한 거야. 내가 용서하는 순간 그 모든 번뇌에서 벗어날 수 있거든. 오히려 용서를 받아야 하는 입장이 애처로운 처지인 거지. 그거 야말로 빠지지 않는 가시가 마음에 박힌 격이거든. 이 아버지는 말이지, 내가 엄마에게 용서해야 할 부분이 있었는지조차 생각이 나지 않을 만큼 모든 걸 다 잊어버렸어. 그것이 나의 마음을 자유롭게 한다는 것을 확실히 깨달았기에…. 너를 키우는 데 더욱 집중할 뿐이었지. 어려운 일이 있더라도 너만은 엄마의 빈자리를 느끼지 않도록 하기 위해 많이 애를 썼단다. 오히려 이 아버지는 말이지, 엄마에게 용서를 구해야 할 부분 때문에 마음이 아파 올 때가 종종 있단다. 내가 네 엄마를 나쁜 여자로 만든 것 같아서…. 내가 훨씬 더 변변한 사람이었더라면…. 그러면 네 엄마도 그런 선택을 할 리는 없었을 텐데 말이지. 사실 그런 부분이 미안할 따름이야. 네 엄마는 말이지, 좋은 사람이란다."

아버지의 담담한 고백을 듣고 있던 신준의 두 눈에서는 조용

부자(父子) 대화

히 한 줄기의 눈물이 흘러 내렸다.

"자, 남은 정리 얼른 하고 집으로 가자꾸나."

아버지의 말에 신준은 다시 분주히 몸을 움직였다.

열심히….

/

3년 전 이야기 4
그날 밤의 사건!

/

소희는 신준과의 서울 나들이가 무척이나 즐거웠다. 공식 커플이라고 할 수는 없지만 남자와 함께 단 둘이서 하루 종일 함께하는 일은 소희로서는 처음 느껴 보는 설렘 가득한 일이었다. 데이트라는 것이 얼마나 가슴 뛰는 모험인지⋯. 어느새 날은 어둑해졌다. 신준과 소희를 태운 버스는 오늘 처음 그들이 만났던 정류장에 다시 돌아와 둘을 내려 주었다.

"아! 재밌었다!"

소희는 이렇게 말하며 신준이 사 주었던 하회탈을 다시 한번 살펴보았다. 그리고는 이내 신준 쪽을 돌아다봤다.

"아무리 봐도 너랑 똑같다니깐, 호호호!"

그러곤 장난기 가득한 표정을 지었다.

"너 벌써 그 얘기 한 다섯 번쯤은 한 거 같아."

애써 무뚝뚝한 표정으로 대꾸하는 신준이었다. 하지만 소희의 그런 표정을 보는 것은 신준에게도 즐거운 일이었다. 그렇게 둘은 함께 집으로 향하고 있었다.

어느 새 소희의 집 앞에 도착했고 신준은 소희에게 내일 학교에서 보자는 인사를 건네고는 돌아서 바삐 걸어갔다. 소희는 멀어져가는 신준의 뒷모습을 한동안 바라보다가 집 대문을 열고 앞마당으로 들어갔다. 소희의 집은 적당한 크기의 단독 주택이었다. 앞마당을 지나 현관문을 열고 들어가려는 찰나, 누군가 흐느끼는 소리가 안에서 새어 나오고 있었다. 그것은 분명 엄마가 내는 소리였다. 이내 거친 욕설을 내뱉는 남자의 목소리가 쩌렁쩌렁 들려왔다. 술에 잔뜩 취한 아버지의 목소리였다. 소희는 미처 현관문을 열지 못한 채 문 앞에 선 채로 얼어붙어 버렸다. 그녀의 심장은 이미 사정없이 뛰어대고 있었다. 최근 한동안 잠잠했으나 또다시 아버지와 엄마 사이에 큰 싸움이 벌어진 것이다. 아버지가 술을 먹고 들어오는 날이면 늘 있어 왔던 일이다. 그때마다 소희의 가슴은 까맣게 타들어 가곤 했다. 소희의 아버지는 본디 나쁜 사람은 아니었다. 평소에는 다정하게 가족들을 위할 줄 아는 자상한 면이 분명히 있는 사람이었다. 하지만 그런 아버지가 술만 마셨다 하면 이중인격자처럼 폭력적으로 돌변하곤 했던 것이다. 게다가 최근 들어 더욱 나빠진 것은 아버지가 이제는 어머니에게 손찌검까지 하기 시작했다는 점이다. 사업을 하다 보니 이런 저런 말 못 할 스트레스가 있어서 가끔 화를 내는 것이라고 이해를 하려 노력했으나 아무리 그렇다 할지라도 엄마에게 폭력을 행사하는 것까지 이해할 수는 없는 노릇이었다. 더욱이 최근에는 사업이 더 어려워졌는지 이런 일들이 빈번하게 반복되곤 했다. 소희는 여전히 공포에 질린 채 문 밖에 서 있었다. 아니나 다를까 아버지의 욕설에 이어 살과 살이 부딪히는 소리가 나더니 엄마의 비명소리가 뒤따랐다. 소희는 여전히 겁에 질린 채 문밖에 잠자코 서 있을 뿐이었다. 이때, 동생이 아버지를 말리며 아버지의 한쪽 팔을 잡았다는 것을 알 수 있었다.

"이년이! 넌 뭐야!"

아버지의 목소리에 이어 쿵 하는 소리가 나더니 이내 동생의 울음소리가 들려왔다. 아버지가 동생을 내동댕이친 것이 틀림없었다.

"자기 딸한테 무슨 짓이야!"

아버지를 향한 엄마의 거친 항변이 들렸다.

"내가 요즘 네년 때문에 되는 일이 없어, 이 재수 없는 년아!"

엄마를 향한 아버지의 저주 섞인 목소리와 함께 또다시 철썩 하는 소리가 들렸다.

"차라리 날 죽여!"

분노로 가득 찬 엄마의 목소리였다. 소희는 더 이상 가만있을 수 없어 현관문을 열어 젖혔다. 그리고 아버지 쪽으로 달려가 뒤에서 아버지를 와락 껴안고는 하염없이 눈물을 쏟아내며 애원하듯 말했다.

"그만하세요! 아버지! 제발 그만, 아버지!"

하지만 아버지의 거친 몸부림을 소희가 당해 낼 리가 없었다. 소희의 아버지는 소희까지 밀쳐 냈고 소희가 넘어지면서 신준이 사 주었던 하회탈이 그만 두 조각 나고 말았다. 소희 아버지는 깨어진 하회탈을 보더니 소희를 향해 말했다.

"저건 뭐야? 이년이 하라는 공부는 안하고 어딜 싸돌아다니는 거야?"

그러곤 소희의 뺨을 사정없이 후려쳤다. 이 모습을 본 소희의 엄마가 소희의 아버지를 가로막으며 악에 받친 목소리로 소리쳤다.

"차라리 날 죽여! 이 나쁜 놈아!"

아버지는 또 한번 오른손을 들고서 소희의 엄마를 향해 힘껏 내리치려는 자세를 잡으며 말했다.

"오냐! 이 재수 없는 년아!"

그때 소희의 목소리가 들려왔다.

"너 같은 건 아빠도 아냐! 제발 나가 죽어! 이 나쁜 새끼야!"

앙칼진 소희의 목소리에 순간 정적이 흘렀다. 한번도 부모를 향해 도에 지나친 말을 해 본 적이 없는 소희였기에 아무리 술에 취해 정신없는 상태라고는 해도 소희 아버지로서는 내심 놀라지 않을 수 없었던 것이다.

"오냐! 그래! 내가 나갈게! 이제 보니 마누라고 자식이고 다 나를 원수로 생각하고 있었구나. 온 집안에 이렇게 나를 저주하는 것들만 있으니까 내가 하는 일이 잘될 리가 없지. 니들, 나 없이 얼마나 잘 사나 보자! 내가 나갈게, 내가 나가!"

소희의 아버지는 문을 향해 거친 발길질을 한 뒤 그렇게 집밖으로 나가 버렸다. 그것이 소희가 본 아버지의 마지막 모습이었다. 평소에는 참으로 따뜻했던 아버지. 술만 마시지 않으면 너무도 정상적이었던 아버지. 그런 소희의 아버지는 자신을 폭군으로 만드는 술이라는 나쁜 약에 한없이 취했던 바로 그날, 비틀거리며 밤거리를 걸어가다 마주 오는 차를 미처 보지 못한 채 이 세상을 떠나가 버렸다.

/

언제부터지?

/

"에~? 진짜? 네가 신준이를 좋아한다고?"

지효는 깜짝 놀라 두 눈을 동그랗게 뜨고서 입은 쩍 벌어진 채로 경은을 바라보며 외쳤다.

"쉿, 조용히 해!"

경은은 지효에게 주의를 주며 주위를 둘러보았다. 다행히 지나가는 사람들 중에 아는 사람은 아무도 없었다. 거리에는 다소 쌀쌀한 바람이 불어오고 있었다. 한낮의 햇살이 머리 위에 빛나고 있었지만 2월은 역시 겨울이었다.

"그래서. 너 혹시 이번 밸런타인 데이 때 신준이에게 주려고 이걸 잔뜩 산 거야?"

지효는 초콜릿을 양손에 들고서 편의점 앞에 서 있는 경은을 바라보며 물었다. 지효의 질문에 경은은 말끝을 흐리며 대답했다.

"응."

"푸하하하하하!"

지효는 그만 배꼽을 잡은 채로 정신없이 웃어댔다. 지나가던 사람들이 경은과 지효 쪽을 쳐다보았다. 경은은 다소 민망한 듯 지효를 말렸다.

"야! 다 쳐다보잖아!"

하지만 지효의 웃음은 멈출 줄을 몰랐다. 한참 웃고 난 지효가 경은을 바라보며 말했다.

"경은아. 내가 친구로서 하는 말인데 다시 생각해 봐. 네가 신준이를 좋아한다니! 이런 코미디가 다 있냐? 너 벌써 잊어버렸어? 걔 초등학교 3학년 때까지 이불에 오줌 싸던 애야! 푸하하하!"

어릴 적부터 같은 동네에 살았던 셋은 서로에 대해 알고 있는 부분이 무척이나 많았다.

"흥! 뭐, 그런 실수는 어릴 때 누구나 다 하는 거 아니겠어?"

경은은 눈을 세모꼴로 뜬 채로 입술을 삐죽이 내밀며 쏘아붙이듯 지효에게 말했다.

"게다가 걔 초등학교 4학년 때까지 산타 할아버지가 있다고 믿었던 애라니깐. 그 정도면 순진한 게 아니라 멍청한 거 아니냐?"

지효는 이렇게 말하며 여전히 히죽히죽 웃어 대고 있었다.

"훙!"

경은은 더 이상 지효에게 아무 말도 하지 않은 채 앞으로 성큼성큼 걸어갔다. 지효는 앞서가는 경은을 따라가며 말했다.

"야! 같이 가!"

하지만 그러면서도 지효의 웃음은 멈출 줄을 몰랐다.

"푸하하하하! 아무리 생각해도 대박이다, 얘!"

경은은 지효 쪽을 뒤돌아보며 말했다.

"이년아! 노래방이나 가! 아까 가고 싶다며!"

"같이 가!"

그렇게 둘은 성큼성큼 노래방이 있는 건물로 향했다. 동네 번화가 정중앙에 있는, 대낮부터 영업을 시작하는 코인 노래방은 고등학생들에게 있어 최고의 놀이터였다.

"근데, 대체 신준이를 왜 좋아하는 거야?"

지효가 경은을 향해 재차 물었다. 경은은 아무 말도 하지 않은 채 건물 안으로 들어가고 있었다.

"야, 삐쳤냐?"

지효의 목소리가 경은의 귀를 그대로 파고들었다. 삐친 것이 아니었다. 오히려 경은 스스로도 언제부터 신준을 좋아하게 되었는지 정확히 선을 긋기가 어려웠기 때문이었다. 물론, 중학교

시절 소희와의 결투 사건이 있기 이전이었다는 것만은 분명하
다. 그러나 확실한 건 그것뿐이었다.

'언제부터지?'

경은은 시간을 거슬러 지난 기억을 더듬어보기 시작했다.

버터 향 기억의 퍼즐

/

경은의 회상

/

햇살이 내리쬐던 어느 여름날 아침 초등학생인 경은은 온몸의 힘이 쭉 빠진 듯 늘어진 모습으로 터덜터덜 학교로 향하고 있었다. 이때, 뒤에서 신준의 목소리가 들려왔다.

"경은아! 같이 가자!"

신준은 어느새 경은 옆까지 달려와 경은과 함께 걷기 시작했다.

"너 어디 아파?"

경은의 안색을 본 신준은 걱정스러운 표정으로 물었다. 경은은 별다른 말 없이 계속 걷기만 했다.

"말해 봐! 무슨 일인데? 내가 도와줄 수 있는 일이면 도와줄게."

경은은 신준 쪽을 바라보며 금방이라도 울음을 터뜨릴 듯한 표정으로 입을 열었다.

"나 깜빡 잊고 미술 준비물 안 가져왔어."

학생들이 준비물을 잊고서 학교로 오는 일은 얼마든지 있을 수 있는 일이었다. 하지만 경은이네 학교의 미술 선생님은 매우 엄한 선생님이었다. 머리가 희끗희끗한 할아버지였는데 워낙 꼼꼼한 성격의 선생님이었기에 준비물을 잊고 온 학생들에게는 여지없이 불호령을 내리곤 했던 것이다. 그럴 때마다 아직 마음이 여린 어린 학생들은 그만 눈물을 보이곤 했다. 경은은 호랑이처럼 무서운 미술 선생님께 혼날 생각을 하니 벌써부터 걱정이 이만저만이 아니었던 것이다.

"아! 그런 거였어? 이거 너 줄게!"

신준은 아무 일도 아니라는 듯 한쪽 손에 들고 있던 미술 도구를 경은에게 주었다. 경은은 얼떨결에 신준이 건네는 미술 도구를 받아 들었다.

"그럼 너는?"

경은은 조그마한 목소리로 신준에게 되물었다.

"난 괜찮아!"

신준은 씩씩한 목소리로 싱글벙글 웃으며 학교를 향해 걸었다. 몇 발자국 걷는가 싶더니 이내 경은을 돌아다보며 외쳤다.

"경은아! 빨리 와!"

경은의 마음은 미안함과 고마움이 함께 교차하고 있었다. 실은 경은과 신준 사이에는 이런 일이 처음이었던 건 아니었다. 전에 한번은 경은이 쉬는 시간에 친구와 장난을 치다가 그만 교실한구석에 있는 화분을 깨트린 적이 있었다. 수업 시간에 담임선생님이 교실에 들어와 수업을 시작하려다 화분이 깨어진 것을 보고서는 누가 그랬냐며 목소리를 높였다. 이때도 경은과 같은 반이었던 신준이 벌떡 하고 일어나 자기가 그랬다며 경은을 감싸 주었다. 아직 어린 나이의 경은이었지만 신준이 이렇게 자기를 위험에서 구해 줄 때면 왠지 모를 설렘이 느껴지고는 했다. 그렇다고 이때부터 경은이 신준의 매력에 푹 빠졌거나 했던 것은 아니었다. 왜냐하면 이 나이대의 남자아이들이 다들 그렇듯 신준 역시 상당히 짓궂은 장난꾸러기이기도 했기 때문이다. 어느날 신준은 학교에 물총을 가져와 같은 반 여자애들에게 뿌려 댔는데 이때 경은은 흠뻑 젖은 옷을 입고 있어야만 했다. 그뿐만 아니라 경은의 가방 속에 개구리를 넣어 두는 꽤나 고전적인 장난까지 치기도 했던 신준이었다. 신준은 중학교에 들어가면서부터 성격이 내성적으로 바뀌게 된 케이스였다. 어쨌거나 경은은 신준이 이런 짓궂은 장난을 걸어올 때는 그가 무척 싫었다. 상황에 따라 좋기도 하고 싫기도 했지만 시간은 이 모든 것을 추억이라는 것으로 멋지게 포장해 주었다. 우리의 지난날들 일체를 아름다운 순간으로 왜곡시키려 끊임없이 속삭여 대는 시간의 달콤한 거짓말.

버터 향 기억의 퍼즐

/

여의도 전기뱀장어

/

"야아! 진짜 오랜만이다, 잘 지냈냐?"

진우의 친구인 일명 여의도 전기뱀장어가 진우를 보자마자 반갑게 던진 인사였다. 진우는 잠깐 시간을 내어 친구를 만나기 위해 서울에 왔다. 여의도 전기뱀장어란 이 친구의 닉네임이었다. 주식 시장에서 고수익을 내는 사람들에게 흔히들 이런저런 별칭들이 따라다니기 마련인데 진우의 친구도 꽤나 알아주는 큰손 투자자였고 증권가에서는 그를 여의도 전기뱀장어라고 불렀던 것이다. 여의도 전기뱀장어는 처음에 모 증권사 사원으로 입사했었다. 이후 실력과 경험이 어느 정도 쌓인 뒤 따로 투자 대행사를 만들어 지금은 전문 투자 회사의 대표로 있었다. 그의 어머니는 장어구이 집을 운영을 하고 있었다. 그래서 그는

장어집 아들이라는 닉네임을 내걸고 네이버의 한 투자 카페에서 시장 상황에 대한 다양한 견해를 밝히곤 했는데 이 분석이 꽤나 그럴듯했기에 나름 인지도를 얻게 되었다. 사람들은 그를 단순히 장어집 아들이라고 부르지 않고 예측이 짜릿할 정도로 잘 맞는다는 뜻을 담아 전기뱀장어라고 불렀고 이후에 이 친구가 여의도의 한 증권사에서 근무한다는 사실이 알려지자 그때부터는 여의도 전기뱀장어라고 불리게 된 것이다.

진우가 금융권에 있던 시절, 진우는 케이블 TV의 한 경제 방송에 출연한 적이 있었는데 이때 방송국에서 기획한 토론회에서 처음으로 바로 이 여의도 전기뱀장어를 만나게 되었다. 토론의 주제는 당시 한창 이슈가 되었던 영국의 브렉시트[1]에 대한 것이었다. 이때, 진우와 여의도 전기뱀장어는 영국이 브렉시트를 할 수도 있다는 입장이었고 나머지 두 명의 전문가들은 절대로 그런 일은 있을 수 없다는 주장을 펼쳤다. 그때의 분위기만 놓고 본다면 최소한 한국에서만큼은 영국이 브렉시트를 할 가능성이 있다는 식의 주장은 거의 미친 사람 취급을 받을 정도로 소수의 견해였다. 게다가 전국에 방송되는 TV 프로그램에서 이러한 소수설을 주장한다는 것은 결코 쉽지 않았다. 이들의 예측이 틀린다면 그야말로 전국적 망신이 아닐 수 없었기 때문이

1) 영국의 유럽연합 탈퇴를 의미하는 용어. 영국을 뜻하는 'Britain'의 'Br'과 탈퇴를 뜻하는 'exit'가 합쳐져서 만들어진 신조어이다. (출처: Daum 백과사전)

다. 진우 역시 브렉시트가 일어날 수도 있다는 주장을 단순한 술자리가 아닌 전국 규모의 방송에서 한다는 것이 매우 부담스러웠다. 예측력에 대한 사람들의 신뢰가 무척 중요한 주식 투자판에서 대부분이 희박하다고 주장하는 상황에 대해 그 가능성을 높게 예측한다는 것은 어지간한 확신이 아니고서는 불가능한 일이었다. 오히려, 브렉시트는 절대 일어날 수 없다는 주장을 하는 것이 편하고 안전한 입장이었다. 왜냐하면 당시 언론의 거의 100%가 브렉시트는 일어나지 않을 것이라고 주장을 하고 있었고 이런 상황에서 만약 브렉시트가 일어난다고 하더라도 '나 혼자 틀린 것이 아니라 다른 모든 전문가들도 다 틀리지 않았느냐?'는 말 한마디면 그만이었기 때문이다. 하지만 브렉시트가 일어날 것이라는 예측을 하였다가 브렉시트가 일어나지 않는다면 전문가로서의 입지는 상당히 흔들릴 수밖에 없었다.

진우는 오랜 고민 끝에 자신의 분석과 육감을 믿기로 하였고 TV 토론회에서 이러한 주장을 펼치기로 결정했다. 그런데 이러한 인물이 또 한 명 있었으니 그가 바로 여의도 전기뱀장어였던 것이다. 여의도 전기뱀장어 역시 이날 토론에서 유럽연합 체제에 대해 영국이 겪고 있는 문제점을 부각시키면서 브렉시트는 얼마든지 있을 수 있는 사건이라는 주장을 펼친 것이다. 이날 토론회에서 진우와 여의도 전기뱀장어는 마치 금슬 좋은 부부처럼 서로 엄청난 케미를 자랑하며 토론을 주도해 갔다. 진우는 본인 스스로 상당한 달변가라고 생각하고 있었는데 여의도 전기뱀장어의 말발 역시 청룡언월도를 휘두르는 관우와도 같았다. 그리고 얼마 뒤 영국은 실제로 브렉시트를 선언하게 되었고 두 사람의 명성도 상당히 오르게 되었다. 어쨌거나, 그날의 일이 인연이 되어 둘은 매우 가까운 절친이 되었던 것이다.

강남역 쪽에서 만난 두 사람은 어느새 시끌벅적한 호프집에 들어와 있었다.

"그래도 꽤나 즐거워 보인다, 너!"

여의도 전기뱀장어의 한마디였다. 함께 맥주를 마시며 그동안 있었던 일을 이야기하던 진우의 모습에서 여의도 전기뱀장어는 무언가 그의 즐거운 표정을 볼 수가 있었던 것이다. 금융권에서 개인 투자자로서는 꽤나 잘나가던 진우가 갑자기 그 일을 그만두고 학생들을 가르치는 일을 하겠다고 했을 때 여의도 전기뱀장어는 그의 결정을 전혀 이해하지 못했었다. 어른들의 세계에서도 가장 깊이 있는 통찰력과 대담한 승부사 기질이 있어야만 살아남을 수 있는 그런 세계에서 활동하던 진우가 갑자기 하필이면 그것도 아직 어린 학생들을 상대해 줘야 하는 그런 일로 방향을 전환하려는지…. 하지만 지금 학생들과 함께하며 경험했던 여러 가지 일들을 즐겁게 이야기하는 진우의 눈빛과 표정을 보면서 여의도 전기뱀장어는 진우야말로 어쩌면 가장 현명한 투자를 하고 있는 것은 아닐까 하는 생각을 처음으로 하게 되었다.

"내가 갑자기 일을 바꾼다고 했을 때, 너도 꽤나 놀랐을 거야. 내 주위 사람들 누구도 나의 결정을 이해하지 못했었으니까."

진우는 맥주를 한 모금 꿀꺽 하고 삼키며 여의도 전기뱀장어를 바라보았다. 여의도 전기뱀장어는 대답 대신 슬며시 웃으며 고개만 살짝 끄덕일 뿐이었다. 진우는 이야기를 이어 나갔다.

"우선, 처음에 나의 생각은 이랬어. 어쨌거나 꽤나 오랫동안 박스권에 머물렀던 우리나라 주식이 서서히 박스권을 돌파하며 오르기 시작하더니 한동안 상승세를 이어 나갔지. 하지만 이제 미국의 금리 인상 기조와 한풀 꺾인 중국 경제의 상승세 등을 보면서 대외 요인이 상당히 우리에게는 불리해졌다는 생각을 했어. 거기에다 국내적 상황도 어렵잖아? 가계부채만 해도 사상 최고치에 도달했고 말이야. 이런 여러 가지 상황들을 종합해 봤을 때 내가 내렸던 판단은 앞으로 주식 시장은 상당한 조정을 받게 될 것이라는 거였어. 뭐, 솔직히 주가 폭락을 점치고 있는 것이 솔직한 내 심정이야."

진우의 말에 여의도 전기뱀장어는 다시 한번 고개를 끄덕였다. 진우는 안주로 시켜 둔 노가리를 뜯고서는 오물오물 씹어 대며 다시 이야기를 이어 나갔다.

"그래서 '일단 주식 시장에서 빠져 있자. 그리고 한번 주가가 무너지고 나면 그 이후에 저렴해진 주식들을 쓸어 담을 기회를 노리자!'라는 게 나의 판단이었고 그래서 한동안 이 바닥을 떠나기로 한 거지. 그때까지 가만히 있느니 나이도 젊은데 다른 일이라도 하면서 기다리는 게 더 낫다고 보았고 어떤 일이 좋을까 고민하던 중 대학교 때 과외를 하며 학생들을 가르쳤던 기억이 새삼 떠올랐던 거지. 그래서 사교육 시장으로 뛰어든 거야. 즉, 학창 시절 친숙했던 학원이라는 곳에서 학생들을 가르치게 된 거지. 주가 폭락의 그날까지 별다른 부담 없이 그저 학생들을 가르치며 시간을 보내자는 전략. 솔직히 처음에는 이 일에 별다른 애착은 없었어."

진우의 이야기를 듣고 있던 여의도 전기뱀장어는 자신의 맥주잔을 입에 가져간 뒤 한 모금 들이켰다.

"아! 시원하다! 역시 맥주는 시원해야 제격이라니깐."

여의도 전기뱀장어는 진우를 바라보았다. 그의 눈빛은 진우에게 어서 다음 이야기를 해 달라고 말하고 있었다. 진우는 여의도 전기뱀장어를 보면서 피식하고 웃은 뒤 또다시 이야기를 이어 갔다.

"처음 이 일을 했을 땐 말이지, 잠시 머물다 가는 곳 정도로 생각하다 보니 그다지 열의를 다하지는 않았던 것 같아. 뭐, 솔직히 가르치는 데 있어서는 대학 시절 여러 과외 경험들로 인해 별로 어려울 게 없었고 주가 예측처럼 매일매일 뉴스들을 보면서 피 말리는 심정으로 이런저런 분석들을 해야 하는 그런 스트레스도 없었으니 나로서는 여간 편한 일이 아닐 수 없었지. 그래서 별다른 부담 없이 그렇게 학생들을 상대하면서 그냥 저냥 일했던 것 같아. 그런데 말이지, 수업을 하면서 내가 별 생각 없이 한두 마디 툭툭 던지는 것을 학생들이 굉장히 진지하게 받아들인다는 것을 어느 순간부터 깨닫기 시작했어. 가볍게 던진 농담이나 지나가면서 했던 이야기들 모두 학생들이 진지하게 받아들이더라고. 그걸 알게 된 후로부터 오히려 수업이 조심스럽고 무겁게 느껴지기 시작하더라. 내가 학생들에게 '얘들아! 인생은 다른 건 다 필요 없고 오로지 돈만 많이 벌면 끝나는 거야'라고 하면 얘들은 정말로 세상이 그렇다고 믿을 준비가 되어 있는 거지. 나를 보는 학생들이 말이야."

진우는 자신의 맥주를 들이키고서 다시 말을 이어 나갔다.

"한마디 한마디 신경 쓰게 되었어. 그리고, 나의 지난 삶을 계속 돌아보게 돼."

"하하! 학생들이 너를 가르친다는 건가?"

"그런 셈이지. 학생들이 나를 직접적으로 가르치지는 않지만 나를 보는 그들의 눈빛이 나로 하여금 타락한 삶을 살 수 없게 만든다고나 할까?"

여의도 전기뱀장어는 진우의 마지막 말을 듣고서 크게 웃지 않을 수 없었다. 물론, 조롱의 웃음이 아니었다. 오히려, 부러웠던 것이다.

"내가 보기에도 너 꽤나 많이 변한 것 같아. 전에는 뭐랄까? 사람을 좀 우습게 보려는 경향이 있었잖아?"

"내가?"

진우는 뜻밖의 말에 눈을 크게 뜨며 되물었다. 여의도 전기뱀장어는 진우의 그런 표정은 별로 아랑곳하지 않은 채 이야기를 계속해 나갔다.

"뭐, 꼭 너만 그렇다기보다는 우리 같은 일을 하는 사람들이 대개가 그렇다는 거지. 항상 숫자의 반응에 따라 거금이 오가다 보니 인간에 대한 가치라든가 혹은 인간에 대한 철학이라든가 뭐 이런 한가로운 이념 놀이를 할 시간 따위는 없잖아? 시시각각 변하는 숫자에 따라서 우리는 매 순간 달라질 수밖에 없는 전략들을 생각해야 하고 그러다 보면 자연스레 사람들과의 교감보다는 정보와 숫자에만 민감해지지. 주식 시장이 끝나고 나면 바로 새로운 뉴스를 검토하고 미국을 비롯한 다른 나라 시장 상황에도 신경 써야 하며 끝없이 쏟아져 나오는 기업 분석 리포트를 읽다 보면 하루가 정신없이 흘러가 버리지. 그러다 일주일이 훌쩍

가고 또 한 달이 훌쩍 가고. 결국, 지인들과 커피 한잔 놓고서 한 가로이 담소를 나누는 그런 소소한 행복들은 거의 완전히 사라져 버리지. 그런 시간들은 새로 맞닥뜨리게 될 변화된 시장 상황에 대한 대응 전략을 세우는 시간들을 좀먹는 잡벌레들처럼 느껴질 뿐이니까. 그러면 자연스레 사람에 대한 가치는 잊어버린 채 그저 돈이 되는 정보에만 모든 신경이 집중되지. 그런 날들이 계속되다 보면 어느 순간 갑자기 허탈감이 몰려오고 그러면 그런 감정에서 도망치려는 듯, 밤새도록 술을 찾게 되고, 여자를 찾게 되고…. 그리고 다시 다음 날 우리는 어느새 숫자의 변화에 촉각을 곤두세우는 전쟁터로 돌아가 있고 말이지."

여의도 전기뱀장어는 입가에 의미를 알 수 없는 엷은 미소를 짓더니 이내 잔을 들어 남은 맥주를 쭉 하고 마셔 버렸다. 그리고 진우를 바라본 뒤 다시 입을 열었다.

"그런데, 오늘 너를 보니까 말이지, 넌 이제 확실히 나와 다른 세상에서 사는 사람이 된 것 같아. 숫자가 지배하는 전쟁터에서 넌 탈출한 거야. 그것만으로도 넌 이미 성공한 거나 다름없어. 한 인격체로서 말이야. 이제는 이 빌어먹을 전쟁터에 돌아오지 마! 넌 지금 네가 있는 그곳에서도 얼마든지 성공할 수 있는 사람이야. 그곳에서 성공하도록 해. 인간의 가치를 살리는 그곳에서 말이야. 우리가 있던 곳은 인간의 가치를 잊어버리고 그런 걸

따질 시간에 '어떻게 하면 돈을 잃지 않고 더 벌어 낼 수 있을까?'
하는 전략에만 골몰해야 살아남을 수 있는 곳이잖아? 완전히 아
수라장이지. 하지만 지금 네가 있는 곳은 인간을 바로 세울수록
성공하는 곳이잖아! 넌 지금 가장 큰 투자를 하고 있는 거야. 네
능력에 진정성만 잃지 않는다면 넌 아마 참으로 큰 보상을 손에
쥐게 될 거야. 단순히 돈이 얼마다를 떠나서 다른 분야에서 일
하는 사람은 결코 가질 수 없는 진짜 삶의 큰 보상. 엄청난 가치
의 그 어떤 금자탑이 어느새 네 삶속에 우뚝 세워져 있을 거야."

여의도 전기뱀장어의 이야기를 잠자코 듣고 있던 진우는 천천
히 입을 열었다.

"고맙다."

오랜만에 만난 두 사람은 시간이 가는 줄 모르고 대화를 지
속했다. 그러던 중 여의도 전기뱀장어가 다소 조심스러운 목소
리로 진우에게 물었다.

"그건 그렇고, 너 이제 민서 씨 일은 괜찮은 거야?"

민서를 언급하는 여의도 전기뱀장어. 진우는 처음에는 아무
말도 하지 않았다.

고개를 돌려 먼 곳을 응시하는가 싶더니 비로소 입을 뗐다.

"응. 근데 말이야… 닮은… 녀석이 있어. 학생 중에… 그녀와
무척이나."

진우의 대학 시절 *1*
포니테일 뿔테 안경

울긋불긋한 와인색으로 머리를 염색한 20대 초반의 한 청년이 '끼이익' 하는 문소리를 내며 조심스레 얼굴만 내민 채 방 안을 둘러보았다. 그는 바로 대학생 이진우. 군대를 다녀와 복학을 한 지 얼마 되지 않았던 진우는 오랜만에 공부하는 자신의 전공이 워낙 낯설게 느껴져 교수님께 몇 가지 질문을 하기 위해 교수 연구실을 찾은 것이었다. 하지만 교수님은 없었다. 단지, 석사 과정으로 보이는 한 여학생 조교만이 분주하게 노트북을 가지고 무언가를 열심히 하고 있는 모습이 눈에 들어왔다. 그녀는 진우가 기척을 낸 이후에도 한참을 노트북만을 바라보다가 천천히 고개를 돌리며 건조한 어투로 물었다.

"무슨 일이세요?"

뿔테 안경을 쓰고 머리는 올백으로 포니테일을 하고서는 4월의 계절에 어울리는 플로럴 원피스를 입고 있었다. 진우가 본 그녀의 첫 모습이었다. 사실, 올백 포니테일은 진우가 좋아하는 헤어스타일은 아니었다. 어지간히 예쁘다는 여자들도 앞머리를 모두 뒤로 넘겨 버리면 무언가 인상이 사나워진다고나 할까? 진우는 늘 그런 생각을 가지고 있었다. 하지만, 이번만큼은 달랐다. 난생 처음으로, 올백 포니테일을 해도 여전히 여성스러운 미모가 살아 있을 수 있다는 것을 느끼게 하는 사람을 본 것이다. 진우는 순간 아무 말도 못한 채 멍하니 서 있기만 했다. 그런 진우를 향해 그녀가 다시 한번 되물었다.

"무슨 일로 오셨어요?"

그때서야 진우는 황급히 입을 열었다.

"네? 아! 저기 교수님께서는 안 계시나 봐요?"

"네, 세미나가 많으셔서 연구실에 잘 안 계셔요. 교수님은 왜 찾으시죠?"

"아! 제가 수업을 듣다가 이해가 잘 안 되는 게 있어서요."

진우의 전공은 통계학이었다. 그는 고등학교 학창 시절 수학을 별로 좋아하지 않는 문과생이었다. 하지만 진우가 진학한 대학교는 통계학이 문과에 소속되어 있었다. 처음에는 경제학을 전공으로 택하려던 진우였으나 앞으로 빅데이터 시대가 도래하면 통계학의 쓰임이 더욱 중요해질 것이라는 주변의 여러 사람들의 이야기에 최종 선택을 통계학으로 했던 것이다. 하지만 통계학은 수학이나 다름없었기에 진우는 전공 수업에서 한 챕터 한 챕터 진도가 진행될 때마다 그 내용에 관한 이런저런 질문들이 봇물 터지듯 터져 나오지 않을 수 없었다.

진우의 얘기를 들은 조교는 뜻밖의 친절을 베풀어주었다.

"제가 알려 드릴게요. 질문거리가 뭐죠?"

진우는 미모의 그 조교로부터 질문에 대한 답을 얻을 수 있었다. 교수 연구실을 뒤로하고서 복도를 걸어가던 진우는 자기도 모르게 입가에 미소가 번져 나가고 있었다. 봄꽃이 피어난 지 오래건만 진우는 이제야 봄이라는 걸 새삼 느끼고 있었다.

다음 날, 진우는 이런저런 질문거리를 다시 만들어 또 한번 교수 연구실로 찾아갔다. 역시나 세미나로 한창 바쁜 교수님은 보이지가 않았고 그 조교만이 연구실을 지키고 있었다. 진우는 어제와 마찬가지로 이런저런 질문들을 하기 시작했다. 이러한 패턴은 며칠간의 기간을 두고서 계속 반복되었다. 하지만 조교 역시 진우가 찾아오는 것이 별로 싫지 않은 눈치였다. 여러 날이 지나고 진우는 이제 조교가 처음처럼 어렵게만 느껴지지는 않았다.

진우는 2학년까지 마치고 군대를 다녀와 현재 다시 3학년으로 복학을 한 상태였고 이때 그의 나이는 24살이었다. 그리고 포니테일 뿔테 안경 조교는 26살 석사 과정 대학원생이었다.

"저기 조교님. 혹시 오늘 시간 괜찮으시면 이따 저녁 식사 같이 어떠세요? 제가 오늘 수업이 5시쯤 마치는데 그동안 질문도 많이 받아 주신 게 감사해서요. 바쁘시지 않으시면 제가 꼭 작은 보답이라도 해 드리고 싶어요."

진우가 단단히 작정하고서 던진 제안이었으나 막상 하고 나니 갑자기 '거절하면 어떡하지?' 하는 불안감이 뒤늦게 엄습해 오는 것 같았다. 하지만 오래지 않아 포니테일 뿔테 안경 조교가 입가에 엷은 미소를 띤 채로 말했다.

"그럼 5시에 다시 이곳으로 오세요."

'오케이!'라고 속으로 외친 진우였으나 애써 표정을 감춘 채 다소 차분한 목소리로 슬며시 물어보았다.

"네, 참! 그런데 조교님 이름이 어떻게 되세요?"

"서민서예요."

"네! 서민서 조교님. 그럼 이따 다시 뵐게요. 참, 저는 이진우입니다."

진우는 연구실을 돌아 나오며 마음속으로 '만세!'를 외쳤다. 사실, 질문거리를 들고서 연구실을 계속 찾은 데에는 물론, 그

내용을 알고 싶기도 했지만 동시에 서민서 조교와 어떻게든 함께하는 시간을 만들고 싶었던 진우의 의도가 크게 작용했기 때문이었다. 드디어 첫 번째 결실을 이뤄낸 진우였다. 그날 남아 있는 수업들을 듣는 동안 진우는 머릿속에서 그녀와 무엇을 먹을지 어떤 이야기를 나눌지에 대해서만 생각했다. 어느새 모든 강의가 다 끝이 났다. 늘 함께 밥을 먹던 친구 녀석들에게는 적당한 핑계를 대고서 수업이 끝나자마자 서민서 조교가 있는 연구실로 성큼성큼 걸음을 옮겼다. 연구실에 도착하여 똑똑 노크를 하고서 문을 열고 들어서니 서민서 조교는 환하게 웃으며 진우를 반겼다. 포니테일로 묶고 있던 머리끈과 뿔테 안경은 사라져 있었다. 진우가 가장 싫어하는 스타일인 포니테일을 하고서도 진우의 마음을 가져가 버린 그녀였기에 자연스레 내려오는 긴 생머리에 뿔테 안경이라는 핸디캡까지 없애 버린 그녀의 모습은 진우의 가슴을 한없이 두근대게 만들었다. 진우가 그동안 그려 왔던 이상형의 여인이 그 자리에 서 있었던 것이다.

어느덧 1년이라는 시간이 흘러 진우는 4학년이 되었다. 서민서 조교와는 연인 사이가 되어 1년째 사귀고 있었다. 날씨가 화창한 어느 날 진우와 민서는 함께 학교 앞 커피집 바깥 테라스에 있는 널찍한 의자에 앉아 나른한 오후의 여유를 즐기고 있었다. 그러던 중 진우는 갑자기 생각난 듯 옆자리에 앉아 라테를 마시고 있던 민서에게 뜬금없이 그때 일을 물어보았다.

"그런데 민서야. 그때 내가 연구실에 질문한답시고 계속 찾아왔을 때 귀찮거나 하지는 않았어?"

민서는 진우보다 두 살 연상이었으나 이미 연인 사이가 되어 있는 둘 사이는 서로를 편하게 부르고 있었다.

"호호, 진우야. 사실 네가 아니었다면 내가 질문을 받아주지 않았겠지. 질문하러 온 사람이 너였기 때문에 내가 그렇게 친절하게 질문을 받아 줬던 거야."

민서의 딥변은 진우에게는 뜻밖이었다.

"뭐? 질문하러 온 사람이 나였기에 받아 준 거라고? 그렇다면 날 알고 있었다는 거야?"

진우가 깜짝 놀라며 두 눈을 크게 뜬 채 민서에게 대꾸하자 민서는 재미있다는 듯 소리 내어 웃어 젖혔다.

"호호호호호!"

한참을 웃고 난 민서는 길가를 바쁘게 다니는 학생들 무리를 잠깐 동안 보는가 싶더니 다시 시선을 진우에게 돌리며 천천히 입을 열었다.

"진우야. 너 예전 학교 축제 때 너가 한 일을 모른다고 하는 건 아니겠지? 그게 4, 5년 전쯤이었던 것 같은데?"

진우는 민서가 어떤 이야기를 하고 있는 건지 처음에는 잘 와 닿지가 않아 생각하는가 싶더니 이내 두 손으로 가리며 얼굴을 일그러뜨렸다.

"아아! 쪽팔려."

진우는 이렇게 내뱉고는 고개를 좌우로 흔들더니 탁자 위 아메리카노를 낚아채듯 들고서는 빨대를 통해 쓴 커피를 쉬지 않고 빨아들였다.

"그럼, 내가 군대 가기 전 학교 축제 때 했던 그 이상한 짓거리를 민서 네가 알고 있었던 거야?"

"호호호호호! 멋진 무대였어. 난 그저 우리 과에 재미있는 후배 녀석이 있었구나 하고 생각했지. 새삼스레 부끄러워할 필요는 없단다."

민서는 오른손으로 진우의 볼을 감싸며 쓰다듬어 주었다. 진우는 그동안 잊고 있었던 그날의 기억이 새삼스레 새록새록 살아나기 시작했다. 학생들의 열기로 가득했던 5월 축제의 그날!

/

진우의 대학 시절 2
그날의 비트박스

/

5월 축제날의 열기는 뜨거웠다. '입실렌티'라고 불리는 진우가 다니는 학교의 축제는 꽤나 유명한 대학 축제들 중 하나였다. 이 축제에 참가하기 위해서는 표를 미리 구매해야만 했고 언제나 매진이 되는 건 두말할 나위가 없었다. 이제 막 2학년이 된 진우는 작년 신입생 때 어리바리한 채로 축제를 그냥 보냈던 기억이 있어 올해는 반드시 즐겁게 보내겠다는 생각을 가지고 있었다. 게다가 몇 개월 뒤인 올해 말에는 입대하는 것이 예정되어 있다. 그런 이유로, 군대에 가기 전 이번 축제를 아쉬움 없이 즐기겠다는 결심을 한 진우였다. 게다가 이번에는 진우의 베스트 프렌드가 참가하는 프로그램도 있었다. 그 친구는 학교의 댄스 동아리 소속이지만 워낙 몸치여서 댄스 대신 비트박스를 담당하고 있는 그런 친구였다. 하지만 비트박스만큼은 열심히 연습한 덕에 그는 현재 친구들 사이에서 비트박스의 신이라고 불리고 있었다. 이 친구가 이번 축제 때 통계학과 대표로 비트박스를 보여 주기로 되어 있었다. 물론, 다른 과에서도 나름 비트박스를 좀 한다는 학생들이 신청을 해 둔 상태였다. 축제 기간 동안 각 과별 대표가 참가하는 비트박스 배틀은 학생들의 관심을 끌기에 충분한 이벤트였다. 축제의 수순도 절묘했다. 이 배틀이 끝나자마자 섭외된 인기가수들이 순서대로 나와 무대를 갖기로 되어 있었기 때문이다. 즉, 초대 가수가 나오기 전 학생들의 분위기를 띄우기 위한 코너로 기획되었다는 것을 누가 봐도 알 수 있었다.

　뜨거운 함성이 야외 녹지 운동장을 가득 메웠다. 운동장의 관중석은 관객을 위한 좌석이 되었고 맞은편 한가운데는 무대가 설치되어 각종 코너들이 순서대로 진행되고 있었다. 진우는 같은 과 친구들과 관객석에서 함께 입실렌티를 즐기고 있었다. 오후부터 시작한 행사는 해가 뉘엿뉘엿 지도록 계속되고 있었다. 비트박스 배틀이 시작될 때 즈음 진우는 관중석에서 나와 무대 뒤로 향했다. 그의 절친이 준비를 잘하고 있는지 궁금하기도 했고 잘하라는 응원도 해 주고 싶었기 때문이다. 무대 뒤로 가니 각 과별 참가자들이 자신의 차례를 대비해 연습에 분주한 모습들이었다. 진우는 이들 중에서 친구를 찾기 위해 두리번거렸다.

"여어! 여기야!"

진우를 부르는 소리에 그쪽으로 고개를 돌리니 친구의 모습이 보였다.

"준비는 잘 되냐? 이제 곧 시작이지?"

인사 대신 그에게 한 진우의 첫마디였다.

"하하하! 뭐, 평소 실력대로 하는 거지."

이렇게 말한 비트박스의 신은 고개를 옆으로 까딱하더니 그의 말을 이어 나갔다. 진우는 그가 고개를 움직인 방향으로 눈을 돌렸다.

"저쪽에 머리를 노랗게 염색한 녀석 보이지? 쟤가 일어과 앤데 저 녀석이 마음에 걸리긴 해. 쟤만 빼면 나머지는 그다지 나를 위협할 만한 실력자는 없는 것 같아."

친구의 말에 진우는 웃으며 그의 어깨를 두드렸다.

"잘해라, 파이팅!"

무대에서는 슬슬 사회자가 비트박스 배틀의 시작을 알리며 참가자들 모두를 한 명씩 소개하기 시작했다. 거명된 참가자들은 무대로 올라가고 있었다. 진우는 괜스레 본인이 더 긴장되었다.

그때 어디선가 핸드폰이 울리는 소리가 들려왔다. 진우 친구 비트박스의 신의 폰이었다. 그는 전화를 받더니 이내 얼굴이 굳어지고 있었다. 통화는 그리 길지 않았다.

"무슨 전화야?"

걱정이 된 진우가 물어 보았다.

그는 다소 어두운 목소리로 진우에게 말했다.

"방금 할아버지께서 돌아가셨어. 나 지금 가봐야 할 것 같아."

진우는 순간 무슨 말을 해야 할지 몰랐다. 그때 무대 위에서 사회자가 소리쳤다.

"네! 다음 참가자는 통계학과 '비트박스의 신'입니다. 무대 위로 나와 주세요!"

사회자의 소개와 동시에 객석의 통계학과 학생들이 모두 열화와 같은 함성을 터뜨리고 있었다. 이미 다른 과의 참가자들은 모두 무대 위로 올라와 기다리고 있는 중이었다. 통계학과 대표인 비트박스의 신만이 무대로 나오면 되었다. 무대 뒤에서는 진우와 진우의 친구가 서로 어쩔 줄을 몰라 하면서 우물쭈물하고 있었다. 공연 스태프로 보이는 한 남성이 달려와 어서 올라오라는 손짓을 보냈다. 진우의 친구는 그 남자에게 갑자기 진우의 등을 떠밀며 말했다.

"이 친구가 대신 할 거예요!"

"뭐?"

진우는 깜짝 놀라며 외쳤으나 이내 그 남자의 손에 붙들려 무대 위로 끌려 올라가고 있는 진우였다.

"미안! 부탁해, 친구야!"

진우의 친구 비트박스의 신은 이 한마디만을 남긴 채 녹지 운동장 출구를 향해 급히 달려가기 시작했다. 진우는 아무런 대책도 없이 비트박스의 신을 대신해서 무대 위로 올라오게 된 것이었다. 일생일대 최대의 위기에 봉착한 진우였다. 통계학과 학생들은 다들 비트박스의 신이 아닌 진우가 무대에 올라왔다는 사실에 영문을 모르겠다는 듯 웅성대기 시작했다. 하지만 이내 그들은 진우의 심정은 전혀 모른 채 다들 진우를 응원하기 시작했다.

"이진우! 파이팅!"

진우의 머릿속은 새하얘졌다. 물론, 그 친구와 함께 술을 마실 때면 거나하게 취해 비트박스의 요령을 배워 보겠다며 몇 번 함께 연습한 적은 있었으나 사실 그것은 취기가 올라 흥을 돋우기 위한 것일 뿐 진심으로 배워 보려 한 것은 아니었다. 하지만 비트박스 배틀은 이미 시작되고 있었다.

수학과, 영문과, 경영학과, 컴퓨터 공학과, 일어과 그리고 마지막 통계학과 순이었다. 대진운도 따라 주지 않았다. 진우의 순서

는 하필이면 비트박스의 신조차 경계했던 일어과 대표 다음이
었다.

참가자들의 현란한 비트박스가 시작되었다. 진우는 그래도
처음에는 나름 자신의 친구로부터 전수받은 테크닉을 써 보려
는 생각도 해 보았다. 하지만 오래지 않아 그는 그 생각을 바로
단념해야 했다. 학생들의 수준이 상상 이상이었던 것이다. 모
두가 그야말로 비트박스의 귀재라 할 만했다. 게다가 진우 바
로 앞에 있던 일어과 학생의 비트박스는 그중에서도 또 한 단
계 높은 수준이었다. 도저히 진우가 어떻게 해 볼 수 있는 일
이 아니었다. 그리고는 어느새 진우의 차례가 되어 마이크는
진우에게 넘어와 있었다. 통계학과 학생들이 진우를 향해 일제
히 환호성을 질렀다. 하지만 진우의 귀에는 이미 그들의 목소
리가 들리지 않았다. 수많은 사람들이 그를 바라보고 있다는
것만 느껴질 뿐 두 귀는 마비된 듯 아무 소리도 잡아 내지 못
하는 것 같았다. 마이크를 받아 든 이상 어쨌거나 무언가를 해
야 했던 진우는 마이크를 입으로 가져갔다. 그러고는 눈 딱 감
고 생목으로 외쳤다.

"음치치, 음치치, Hit it! 음치치, 음치치, Hit it!"

이렇게 딱 두 마디였다. 더 할 수도 없었다. 할 줄 아는 게 없
었기에…. 순간 좌중이 모두 조용해졌다. 이번에는 진우의 느낌

버터 향 기억의 퍼즐

만이 아니었다. 정말로 이 순간 그곳의 모든 이들이 할 말을 잃어버린 탓이었다. 시간이 멈춘 듯한 고요한 정적이 그곳을 뒤덮었다. 하지만 잠시 뒤 누군가 크게 웃는 소리가 들려왔다.

"푸하하하하! 그게 뭐야?"

몇 사람이 웃는가 싶더니 어느새 이 웃음은 순식간에 전체 좌중으로 이어져 녹지 운동장에 있던 모든 학생들이 큰소리로 웃어 대기 시작했다. 심지어 몇몇은 이미 진우의 비트박스를 따라 하고 있었다.

"음치치, 음치치, Hit it! 음치치, 음치치, Hit it!"

생목으로 하는 비트박스였기에 누구나 쉽게 따라할 수 있었다. 학생들의 의외의 반응에 진우는 처음에는 다행이라고만 생각하다가 잠시 뒤, 분위기에 도취되는가 싶더니 어느 순간부터는 프레디 머큐리에 빙의한 듯 녹지 운동장에 있던 학생들을 리드하기 시작했다.

"음치치, 음치치!"라고 외치면 학생들은 "Hit it!"을 한목소리로 외치며 화답했던 것이다.

비트박스 배틀 우승자는 일어과 대표였다. 그러나 학생들에게 가장 즐거움을 주었던 건 통계학과의 이진우였다. 이날, 진우의 비트박스에 함께 열정적으로 "Hit it!"을 외치던 학생들 중에 당시 통계학과 4학년이던 서민서도 함께 있었다.

대학 축제에서만 느낄 수 있는 낭만!

그날, 진우의 모습은 학생들에게 잊을 수 없는 기억으로 선명하게 새겨졌다.

진우의 대학 시절 3
too easy

/

　시간은 꽤나 빠르게 흘러갔다. 어느덧 진우의 4학년도 거의 끝나가고 있었다. 민서 역시 석사 과정 막바지에 접어들어 앞으로의 진로를 정해야 하는 입장이 되었다. 대학교를 졸업하고 바로 대학원을 갔던 것이 아니라 회사를 잠시 다니다가 석사 과정을 밟게 된 민서로서는 박사에 도전하기보다는 다시 회사 생활을 통해 빨리 돈을 벌기를 원했고 이곳저곳 취업 시험을 치르고 다녔다. 진우는 진우 나름대로 대학생 마지막 학년을 바쁘게 보내고 있었다. 그러다 보니 함께 시간을 나누는 횟수는 급속하게 줄어들었다. 물론, 매일 밤 전화를 주고받으며 그날의 안부를 묻기는 했지만 이 역시 처음처럼 긴 통화는 아니었다. 물론, 그렇다고 둘의 사랑이 완전히 식어 버렸다거나 한 것은 아니었다. 하지만 직장을 구해야 하는 민서와 역시 마지막 학년을 잘 마무리 해서 다음 진로를 잘 잡아야 하는 진우, 두 사람 모두 각자의 일로 바빴던 것이다. 그러던 어느 날 민서에게서 문자가 왔다.

- 진우야. 나 오늘 할 말이 있어. 이따 시간 되면 저녁에 학교 앞 분수대에서 만나자.

저녁 6시쯤 진우는 분수대 앞에서 민서를 기다렸다. 얼마 지나지 않아 민서가 멀리서 걸어오고 있었다. 진우는 천천히 민서 쪽으로 다가갔다. 진우가 저녁을 먹으러 가자고 했으나 민서는 그 전에 잠깐 함께 걷고 싶다고 했다. 그렇게 두 사람은 오랜만에 캠퍼스를 거닐기 시작했다. 이런 시간도 참 오랜만이었다. 꽤 시원한 저녁 바람이 불어왔다. 얼마쯤 걸었을까? 굳게 다물어져 있던 민서의 두 입술이 천천히 움직이기 시작했다.

"진우야. 나, 어쩌면 미국에 갈지도 모르겠어."

"미국?"

진우는 민서 쪽을 바라보며 되물었다. 민서 역시 진우를 보면서 이야기를 이어 나갔다.

"응, 실은 외국계 금융사에 지원 원서를 하나 넣은 게 있는데 만약 합격을 하게 되면 현지에서 일을 해야 한다는 조건이 있어서 말이야. 지금 고민이야. 가장 가고 싶은 회사이기는 한데 한국을 떠나야 한다고 생각하니…."

민서는 그렇게 말끝을 흐렸다. 진우는 아무렇지도 않은 듯 민서를 보며 말했다.

"합격되면 당연히 가야지. 뭐, 고민할 거 있어?"

이렇게 말하며 진우는 슬며시 민서의 손을 놓고서 민서보다 조금 앞서 걷기 시작했다. 민서는 그런 진우를 뒤따랐다. 두 사람은 서로 약간의 거리를 둔 채, 아무 말 없이 한동안 걷기만 했다. 저녁노을은 더욱 붉어지고 있었다. 진우는 민서 쪽을 돌아보며 재차 말했다.

"민서야. 꿈을 향해 가도록 해. 합격하게 되면 미국으로 가. 그게 널 위한 일인 것 같아."

진우나 민서나 서로 어떤 말을 해야 할지 아니, 애초에 어떤 선택을 해야 할지 확신하지 못했다. 그저 진우는 자신이 우선 그런 말을 해야 하는 게 아닐까 하는 막연한 감정에 기대어 민서에게 이야기하는 것이었고 민서 역시 이런 말을 하는 진우에게 어떤 반응을 보여야 할지 혼란스럽기만 했다. 한편으로는 자신을 이해해 주는 진우에게 고맙다는 말을 하고 싶었으나 다른 한편으로는 왜 자신을 붙잡지 않고 이렇게나 쉽게 떠나라는 말을 하는지 따지고 싶기도 했다. 서로의 머릿속이 혼란스러웠기 때문일까? 그날의 만남은 그것으로 끝이었다. 진우는 갑자기 중요한 일이 생각나 집으로 가야 한다는 뻔한 거짓말을 했고 민서는 그의 말을 수긍하며 쉽사리 그를 놓아 주었다. 두 사람에게 필요한 것은 생각할 시간이었다. 만약, 민서가 미국으로 떠난다면 언제 돌아올지 알 수 없었기에 그 결정은 두 사람에게는 이별의 결단이나 다를 게 없었다. 갑작스럽게 찾아온 이별에 대한 가능성이 너무도 낯설게만 느껴지는 두 사람이었다. 진우와 헤어지고 집으로 돌아오던 민서는 자기도 모르게 어느새 두 눈이 촉촉이 젖어들고 있음을 느꼈다. 눈물 한 방울이 주르륵 흘러내렸다. 진우 역시 집으로 돌아오는 길, 한동안 피우지 않았던 담배를 한 대 꺼내어 입으로 가져갔다. 버스 정류장 옆에서 담배를 피우던 진우의 두 눈도 붉게 물들어 있었다. 담배를 피우며 애써 눈물을 참아 내는 진우였다. 담배가 마지막 재를 바닥에 떨구며 그 수명을 다했을 때, 진우는 결심한 듯 민서에게 문자를 보냈다.

- 민서야. 네가 그 회사에 합격한다면 그것은 네게 너무도 좋은 기회인 것 같아. 너의 인생에 있어서 나란 사람보다는 큰 세상을 열어 줄 그 기회야말로 네가 절대 놓쳐서는 안 되는 그런 일이라는 생각이 들어. 지금 내가 네게 해 주어야 하는 말은 너무도 분명해. 나 같

은 건 잊고 앞으로 나아가렴. 그동안 정말 고마웠어. 넌 내게 과분한 여자친구였어. 안녕… 서민서.

그것이 이 두 사람의 마지막이었다. 민서에게서는 끝내 아무런 답장도 없었다. 너무도 쉬운 이별이었다. 며칠 뒤, 진우는 지인의 입을 통해 민서가 미국으로 떠났다는 소식을 전해 들었다.

다시 내리는 비

경은은 고등학교 2학년이 된 지 얼마 지나지 않은 것 같은데 벌써 한 학기가 지나 한여름이 되었다는 사실에 새삼 놀라곤 했다. 이제는 정말 대학 입시 전까지 공부할 수 있는 시간이 얼마 남지 않았다고 생각하니 자기도 모르게 가끔씩 몸서리가 쳐지기까지 했다. 여름방학 동안 성적을 더 올려 놓아야 한다는 생각에 경은은 오전부터 지효와 함께 학원 자습실에서 공부를 하고 있었다. 물론, 그녀의 눈엣가시였던 소희 역시 일찍부터 공부를 하고 있는 중이었다. 열심히 하는 걸로 보자면 소희가 단연 최고였다. 소희는 토요일, 일요일 할 것 없이 매일매일 학원에서 살다시피 했던 것이다. 공부에 대한 센스도 남달라서 성적은 누가 보아도 놀라지 않을 수 없을 정도로 빠르게 향상되었다. 학원에서 모의고사를 치를 때면 소희는 학원 내 랭킹 5위권 안에 들 정도로 빠른 성적 향상을 보여 주었다. 처음 학원에 올 때의 성적을 감안하면 엄청난 성과였다. 물론, 아직은 영어, 수학이라고 하는 주요 과목에서만의 성과였다. 뒤늦게 공부를 시작한 탓에 아직 소희가 성적을 올려야 할 과목들이 많이 남아 있었다. 하지만, 주요 과목을 먼저 타깃으로 정한 뒤 이들을 빠르게 따라잡기로 한 소희의 전략은 잘 맞아 들어가고 있었고 앞으로 있을 대학 입시에서 어떤 결과가 나올지는 누구도 예단할 수 없었다. 학원 선생님들은 내심 최고의 성과를 소희가 내어 주기를 기대하고 있었다. 신준 역시 최근 들어 더욱 공부에만 전념했다. 하지만 신준은 아직 이렇다 할 성적 향상을 보여 주지는 못했다. 그러나 신준은 개의치 않고 자신이 할 수 있는 최선의 노력을 다하고 있었다. 문제는 오히려 지효였다. 한동안 공부에 흥미를 붙이는가 싶더니 최근 들어 눈에 띄게 집중력이 흐트러지고 있다는 것을 누가 봐도 알 수 있었기 때문이다. 오늘도 지효는 자습실에 앉아 있었지만 그녀의 표정은 너무도 딱딱하게 굳어 있었다. 보다 못한 경은이 지효를 조용히 학원 복도의 자판기 옆으로 불러냈다.

"너 요새, 뭐 걱정거리 있어?"

"응, 아냐!"

"아니긴 뭐가 아냐? 다 털어놔 봐! 우리 사이에 비밀이 다 뭐야?"

경은의 말에 지효가 잠시 머뭇거리다가 조심스레 입을 열었다.

"실은 말이야…."

경은은 지효의 작은 표정 하나도 놓치지 않으려는 듯 뚫어져라 쳐다보며 그녀의 이야기에 귀를 기울였다.

"내가 작년에 사귀었던 우리 학교 태권도부 고3 선배 있잖아?"

"아! 그 대학 진학 이후 갑자기 너랑 헤어지자고 했던 밥 맛없는 놈?"

지효가 고등학교에 갓 올라갔을 때 고3 태권도부의 한 선배가 사귀자고 해서 잠깐 동안 그와 연애를 했던 적이 있었다. 하지만 그 선배가 대학에 진학하자 어느 날 갑자기 지효에게 이별을 통보했던 것이다. 이제는 대학생이 되었으니 고등학생과는 사귀지 않겠다는 그 남자의 뻔한 속마음이 참으로 노골적으로 느껴졌던 그런 이별이었다. 그래서일까? 지효는 그 남자에게 아무런 미련도 남아 있지 않았다. 경은도 지효의 이런 연애사에 대해 잘 알고 있었다,

"그런데 말이야, 얼마 전부터 그놈한테서 문자가 오는 거야."

경은은 눈을 동그랗게 뜨고서 지효에게 물었다.

"뭐래?"

"다시 만나자고, 나랑 다시 시작하고 싶다고 하더라고."

"그래서?"

"그래서는 뭘 그래서야? 당연히 싫다고 했지. 그런데 말이야. 그날 이후로 그놈이 학교 앞까지 와서 나를 기다리더니 내가 집에 가는데 계속 따라오면서 미안하다고 다시 시작하자고 하는 거야."

경은은 깜짝 놀라며 말했다.

"정말? 무슨 사이코패스 아냐?"

"내 말이! 지금 일주일째 나를 스토킹하고 있어! 사실, 이따 학원 끝나고 집에 갈 때도 있을까 봐 너무 걱정돼, 지금."

지효의 표정은 정말로 두려움에 떨고 있었다. 경은은 절친인 지효에게 무언가 도움을 주고 싶었다.

"이따가 나랑 같이 가자. 그리고 그놈이 또 있으면 내가 너 대신해서 얘기해 줄게. 더 이상 따라다니지 말라고 말이야."

지효는 경은의 한마디가 무척이나 고마웠으나 과연 해결책이 될 수 있을지에 대한 의문은 사라지지 않았다. 하지만 달리 방법이 없었기에 지효는 그저 말없이 고개만 끄덕일 뿐이었다.

시간은 흘러 어느새 밤 10시가 되어 학원이 끝날 때가 다 되었다. 지효와 경은은 함께 학원 건물 바깥으로 나와 지효의 집 쪽으로 향했다. 서로가 아무 말 없이 함께 걷기만 했다. 그저 마음속에서 뛰는 가슴을 추스를 뿐이었다. 횡단보도가 있는 사거리에서 신호등을 기다리기 위해 멈춰 섰을 때, 하얀색 소형차가 그 둘 앞에 다가와 멈춰 섰다. 두 사람은 순간 긴장이 증폭되며 온몸이 굳어지는 것 같은 기분을 느꼈다. 하지만 그 소형차의 뒷좌석에서 내린 사람은 그 스토커가 아닌 어떤 젊은 여성이었다. 지효와 경은이 가슴을 쓸어내리려는 찰나 뒤에서 누군가 지효를 부르는 소리가 들렸다.

"지효야!"

지효와 경은은 뒤를 돌아보았다. 그곳에는 지효의 전남친인 그 태권도부 출신 선배가 서 있었다. 지효와 경은은 그를 보자마자 다시 온몸이 딱딱하게 굳어지는 것을 느꼈다. 지효는 아무 말도 하지 못한 채 그 남자를 바라보고만 있었다. 이때, 경은이 용기를 내어 그 남자를 향해 말했다.

"저기, 있잖아요!"

그가 경은 쪽을 바라보았다. 경은은 속으로는 상당히 긴장이 되었으나 그러한 감정을 억누르며 그를 향해 또박또박 자신이 해야 할 말을 하기 시작했다.

"저는 지효 친구 경은입니다. 지효의 전 남친이시죠? 하지만 그건 이미 오래전의 일이고 지금 지효는 공부에 전념해야 할 때라 다시 그쪽하고 만날 생각이 전혀 없으니까 이제 그만 지효를 단념해 주셨으면 해요. 그만 좀 따라 다니시라고요!"

경은 스스로도 자신이 이렇게나 완벽하게 하고 싶었던 말을 다 할 수 있을 것이라고는 생각하지 않았다. 친구를 위한다는 일념 하나만 가지고서 용기를 냈던 것인데 생각 이상으로 이야기를 잘한 것 같다는 생각이 들었다. 그녀의 말이 통했던 걸까? 그 남자는 경은과 지효를 번갈아 바라보더니 말했다.

"그래, 알겠어."

경은은 마음속으로 참으로 다행이라 생각했고, 굳었던 표정이 풀어지는 것을 스스로도 확연히 느낄 수 있었다. 이때, 그 남자의 다음 말이 들려왔다.

"그럼, 내가 마지막으로 지효와 이야기하고 싶은 것이 있어서…. 잠깐 동안 조용한 곳에 가서 이야기 좀 할 수 없을까?"

그 남자는 이렇게 말하며 경은보다는 지효 쪽을 바라보았다. 지효는 여전히 아무 말도 하지 않고 서 있었다. 그는 이번에는 경은을 보며 한마디 덧붙였다.

"뭣하면, 너도 같이 와도 좋아. 저쪽 상가 건물 뒤로 가면 너희들도 알다시피 무지개 공원이 있잖아? 거기서 잠깐만 이야기를 했으면 해."

무지개 공원은 이곳 주민들을 위한 휴식 장소였다. 이 동네에서 가장 번화한 바로 이곳 중앙대로, 그 뒤쪽에 위치한 공원으로서 나무로 둘러싸인 곳에 수돗가와 벤치 그리고 몇 가지 운동 기구가 설치된 그런 곳이었다.

"나도 마지막으로 할 말이라는 게 있지 않겠니? 조용히 이야기만 할 거니까, 잠깐이면 돼."

남자는 마지막이라는 단어를 애써 강조하는 듯했다. 경은은 지효 쪽을 바라보았고 지효는 천천히 입을 열었다.

"그럼, 마지막으로 잠깐만이야!"

"아무렴. 물론이지."

그렇게 말한 뒤 지효의 전 남친은 앞장서 걷기 시작했고 그 뒤를 지효와 경은이 따랐다. 이렇게 세 명은 누가 봐도 어색함이 느껴지는 거리를 둔 채 무지개 공원 쪽으로 향했다.

이때, 학원 건물에서 소희가 나오고 있었다. 소희는 우연히 이 세 명이 지나가는 것을 보았다. 웬 건장한 남자가 앞장서 걷고 있고 지효와 경은이 다소 굳은 표정으로 그 남자의 뒤를 따라가고 있었다. 심지어, 지효와 경은은 소희가 그녀들 옆을 지나쳤다는 사실조차 인식하지 못한 듯했다. 그만큼 두 사람은 긴장하고 있었고 소희의 머릿속에서는 무언가 예사롭지 않는 상황인 것 같다는 생각이 스쳐 지나갔다. 하지만 소희는 지효, 경은과 거의 말을 하지 않은 채로 지내는 사이였다. 지효는 그렇다 하더라도 경은과는 오랜 갈등이 쌓여 있는 사이였고 그렇기에 사실 소희는 새삼 이 두 사람의 문제에 개입할 이유가 전혀 없었다. 그래서 소희는 그저 이상하다는 생각만 했을 뿐 그대로 자신의 집 쪽으로 걸어가기 시작했다. 하지만 소희는 이내 발길을 멈추고서 뒤를 돌아다보았다. 세 사람은 어느새 꽤나 멀리서 걸어가고 있었다. 소희는 다시 몸을 돌리는가 싶더니 아무래도 찜찜한 마음에 또다시 방향을 돌려 지효와 경은이 걷고 있는 쪽을 보았다. 그리고 늦게나마 그들을 뒤쫓기 시작했다. 지효, 경은의 불안감이 소희에게 전해져 왔던 걸까? 소희의 가슴도 갑자기 콩닥콩닥 뛰기 시작했다. 이때 소희의 눈앞에 신준이 나타났다. 신준 역시 지금 막 학원에서 나오는 길이었다. 소희는 다소 조심스러운 목소리로 신준을 불렀다.

"저기, 신준아!"

신준은 소희 옆을 지나치려다 뒤늦게 소희가 자신을 불렀다는 것을 깨닫고서는 몸을 돌려 소희 쪽을 바라보았다. 아주 오랫동안 서로 말없이 지내 왔었다. 그런데 소희가 기나긴 침묵을 깨고서 지금 다시 신준의 이름을 불러 준 것이다. 신준에게 있어 그런 소희의 목소리는 마치 봄비처럼 달콤하게 느껴졌다. 오래도록 비가 내리지 않아 메말랐던 땅 위에 빗방울이 떨어져 촉촉이 적시는 듯했다. 소희와 함께 서울 여행을 다녀왔던 그날 이후, 갑자기 다른 사람이 된 양, 자신을 싸늘하게 대했던 소희.

그런 그녀가 다시 말을 걸어 준 것이다.

"왜?"

신준 역시 다소 조심스러운 목소리로 대답했다. 소희는 잠깐 머뭇거리는 듯하더니 이내 무언가 결심한 듯한 표정으로 입을 열었다.

"저기… 나도 뭔가 정확히는 모르겠는데 아무래도 심상치 않은 일이 일어날 것 같아, 지효와 경은이 말이야."

신준으로서는 그저 의아할 뿐이었다. 소희가 자신을 향한 오랜 침묵을 깨고서 다시 이야기를 시작한 것도 뜻밖인데 그녀의 입에서 지효와 경은을 염려하는 말이 나온다는 건 도무지 이해가 가지 않는 상황 전개였다. 하지만 신준은 내색하지 않은 채 소희에게 되물었다.

"걔네한테 무슨 일 있어?"

"잘은 모르겠는데 방금 전 한 건장한 남자랑 저쪽으로 갔거든?"

소희가 가리킨 곳은 무지개 공원이 있는 쪽이었다. 신준과 소희는 잠시 서로를 바라보다가 함께 무지개 공원으로 향했다. 기나긴 침묵의 시간들이 무색할 정도로 눈빛만으로 이미 서로의 뜻을 잘 알 수 있었다. 소희의 가슴은 여전히 뛰고 있었다. 하지만 조금 전까지는 불안감 때문이었다면 지금은 분명 무언가 느낌이 달랐다. 물론 여전히 긴장감이 그녀를 지배하고 있기는 하

였으나 신준이 옆에 있다는 사실만으로도 불안감 속에 설렘이
라는 감정이 섞여 들어왔기 때문이다. 신준과 함께 걷는 이 순
간이 한참동안 찾아 헤맨 오래 전에 잃어버린 귀한 보석을 다시
찾은 것처럼 느껴지는 소희였다. 신준도 마찬가지였으리라!

　오랫동안 메말라 있었던 마음에 다시 내리기 시작한 달콤한
비! 두 사람은 그 비에 촉촉이 젖어들고 있었다.

Okay! 거기까지!

늦은 밤, 무지개 공원에는 인적이 드물었다. 지효와 경은 그리고 지효의 전 남친 이렇게 세 명은 무지개 공원 한 귀퉁이, 나무가 우거진 쪽에 있는 벤치 앞에 섰다.

"나한테 마지막으로 하고 싶다는 말이 대체 뭐야?"

지효는 팔짱을 낀 채, 다소 날카로운 표정으로 전 남친을 향해 쏘아붙이듯 말했다. 하지만 지효의 전 남친은 그저 히죽 히죽 웃어 대며 한마디 내뱉었다.

"훗! 순진한 건 여전하네!"

지 전 남친은 고개를 뒤로 돌리더니 나무가 우거져 있는 바스락하는 소리와 함께 건장한 체구의 남자 두 명이 숲 쪽에서 나타나기 시작했다. 지효와 경은은 순간 너무 무서워 비명을 질러야겠다는 생각조차 하지 못한 채 마치 메두사의 얼굴을 보고서 돌이 되어 버린 사람처럼 그 자리에 가만히 서 있을 뿐이었다. 지효의 전 남친은 한쪽 입꼬리만 삐죽이 올린 비열한 웃음을 선보이며 입을 열었다.

"야! 지금부터 내가 하는 말 잘 들어! 허튼짓 하면 어떻게 될지 잘 알겠지?"

이렇게 말하며 지효의 한쪽 팔을 잡고서 끌어당겼다. 지효는 고통에 반응하듯 신음 소리를 내었다. 경은도 비슷한 상황이었다. 숲에서 나타난 두 명의 남자들에 의해 몸이 붙들렸고 그녀의 입은 어느새 남자의 거친 손에 의해 꽉 막혀 버려 '음음' 하는 소리만 새어 나올 뿐이었다. 이 악당들은 지효와 경은을 무지개 공원의 나무가 우거진 숲 안쪽으로 끌고 들어갔다.

신준과 소희는 무지개 공원에 도착해 곳곳을 다니며 경은과 지효를 찾아다녔다. 하지만 사람의 모습은 찾을 수 없었다. 그저 가로등 불빛만이 띄엄띄엄 있을 뿐이었다. 그러나 밤이다 보니 소리의 진동이 멀리까지 퍼져 나갈 수 있었고 바스락하는 소리가 멀리서부터 소희의 귀에까지 들려왔다.

"저쪽인가 봐!"

소희는 신준을 보면서 속삭이듯 말한 뒤 소리가 들려온 쪽으로 달려가기 시작했다.

"야, 잠깐!"

신준은 소희를 불러 세우려 했으나 어느새 소희는 멀찍이 달려가고 있었다.

한참을 달려 숲으로 들어온 소희! 그녀의 눈에 비친 광경은 그녀를 무척이나 당혹스럽게 했다. 세 명의 건장한 남성이 지효와 경은을 붙들고서는 위협을 가하고 있었기 때문이다. 이들이 무슨 짓을 하려고 했었는지는 뻔한 것이었다. 소희는 마음속 깊은 곳에서부터 분노가 치밀어 오르는 것을 느낄 수 있었다. 하지만, 그녀는 어찌할 바를 몰라 처음에는 멈칫했으나 이내 바닥에 있던 주먹만 한 짱돌을 하나 들고서는, 지효와 경은에게만 온 신경을 쏟으며 서 있던 남자의 뒤통수를 그대로 찍어 버렸다.

"야! 이 나쁜 놈들아!"

뒤통수를 가격당한 그 남자는 비틀거리다가 이내 소희 쪽으로 고개를 돌렸다. 그러고는 짜증이 가득한 표정을 지으며 말했다.

"얘는 또 뭐야?"

Okay! 거기까지!

그러곤 어느새 소희에게로 다가와 주먹으로 그녀의 배를 힘껏 가격했다. 소희는 '헉!' 하는 소리와 함께 배를 움켜쥐고서는 그대로 풀썩 주저앉아 버렸다. 지효와 경은은 다른 두 명의 남자들에게 여전히 사로잡혀 있었다. 비명을 지르려 해도 이미 그 공포가 극에 달해 달리 어찌할 수가 없었다.

지효의 전 남친이 또 다른 누군가에게 외쳤다.

"넌, 또 뭐냐?"

그의 목소리가 향한 곳에는 신준이 어정쩡한 자세로 서 있었다. 신준은 미처 기습조차 성공하지 못한 채 세 악당들에게 그의 존재를 들켜 버린 것이다. 신준은 잠깐 머뭇거리는 듯하더니 갑자기 목소리를 가다듬으며 정중한 톤으로 말했다.

"저는 그저 지나가는 행인입니다."

순간 시간이 멈춘 듯 갑분싸[2]한 침묵이 그곳을 지배했다. 이내 세 악당 중 한 명이 헛웃음을 내뱉더니 신준을 향해 눈을 부라리며 명령조로 일갈했다.

"너 지금 우리랑 장난하냐? 와서 꿇어! 병신아!"

"네넵!"

신준은 얼른 구석의 적당한 곳으로 가 무릎을 꿇었다. 지효,

---

2) '갑자기 분위기 싸하다'의 약어.

경은, 소희 그리고 신준에게는 더 이상 아무런 희망도 없었다. 아니, 애초에 희망이 있을 리가 없었다. 상대는 운동으로 단련된 건장한 남성들이었다. 무려 세 명이나! 지효와 경은은 두 남자에게 여전히 붙들려 있었고 소희는 배를 잡고서 웅크리고 있었으며 신준은 구석에서 무릎을 꿇고 있었다. 지효의 전 남친을 포함한 세 명은 서로를 번갈아보며 비열한 웃음을 지은 뒤 지효와 경은을 향한 추행을 본격적으로 시작하려 했다. 그중 한 명이 히죽히죽 웃으며 소희를 보면서 말했다.

"야아! 여자 한 명 더 생겼네, 짝이 맞겠는걸?"

이 말을 들은 신준이 조심스레 다시 입을 열었다.

"저, 저기요! 잠깐만요!"

신준은 비록 주눅이 든 목소리이기는 했으나 하려던 말을 이어 나갔다.

"있잖아요, 그러니까, 이런 짓을 하시면 안 되고… 그러니까… 대화로 푸는 게 어떠…."

신준의 말이 미처 끝나기도 전에 지효의 전 남친이 화려한 앞차기로 신준의 얼굴을 그대로 가격해 버렸다.

"이 병신은 무슨 소릴 하겠다는 거야?"

그는 신준을 향해 침을 퉤하고 뱉었다. 하지만 신준은 굴하지 않았다. 다시 몸을 일으키며 이야기를 계속했다.

"이러시면 안 됩니다! 형님들!"

이에 지효의 전 남친은 신준의 복부에 정확히 주먹으로 일격을 가했다.

"뭐가 안 되는데! 그러면 네가 한번 우리를 막아보시든가. 싸움도 못하는 새끼가!"

이렇게 말한 뒤 그의 친구들을 돌아다보며 선심 쓰듯 말했다.

"얘는 내가 확실하게 처리할 테니까 너네는 신경 쓰지 말고 하던 거나 계속해!"

그의 친구들은 이내 지효와 경은을 향한 더러운 추행을 다시 시작했다. 이때, 신준이 몸을 벌떡 일으키며 악에 찬 목소리로 외쳤다.

"그만하라고! 쓰레기들아!"

신준의 목소리가 공원 저 멀리까지 메아리치며 퍼져 나갔다. 그들은 지효와 경은을 놓고서는 신준에게로 다가왔다.

"너 지금 뭐라고 했냐?"

"네가 진정 오늘 죽고 싶은 거로구나."

"오늘 넌 제삿날이야!"

이렇게 한마디씩 내뱉고서는 신준을 향한 집단 폭행을 시작했다. 그런데 그때, 숲 바깥에서 또 다른 누군가의 목소리가 들려왔다.

"오케이! 거기까지!"

이렇게 말하며 한 남자가 숲 안쪽으로 들어오고 있었다.

"남자 셋이서 비겁하게 한 명을 때리면 쓰나? 지금부터 내가 상대해 줄게."

이렇게 말하며 나타난 사람은 바로 장석호였다.

/

Meteor shower

/

과연 석호는 싸움의 달인이었다. 태권도로 단련된 지효의 전 남친과 그의 패거리 두 명을 순식간에 때려눕힌 것이다.

"자, 자! 그렇게 누워 있지들 말고 빨리 여기서 꺼지는 게 좋을 거야. 아니면 더 맞든지!"

여유를 부리듯 경쾌한 톤으로 흘러나오는 석호의 한마디에 쓰러져 있던 패거리 녀석들은 부리나케 꽁무니를 내빼며 달아나 버렸다. 그들의 뒷모습을 보면서 석호는 한심하다는 웃음을 지었다가 신준을 돌아보며 말했다.

"야! 박신준! 너 나한테 문자 하나 보내고 이런 무모한 짓을 하면 어떡해? 내가 문자를 혹시라도 못 봤으면 어떻게 됐겠어?"

신준은 몸에 묻은 먼지를 털어내면서 석호의 얘기에 답했다.

"실은 너무 정신이 없어서 그런 걸 세세히 신경 쓸 틈이 없었어요. 그냥, '에라! 모르겠다!' 하고 덤벼든 거죠."

석호를 향한 신준의 말투는 예전보다 한결 편해져 있었다. 어느새 석호와 심적으로 가까워졌던 것이다.

"하하! 역시, 은근히 남자답다니깐!"

석호는 크게 웃으며 신준에게 한마디 한 뒤 여자들 쪽을 바라보았다.

"너희들은 좀 괜찮니?"

"선배! 고마워요!"

지효와 경은 모두 석호에게 감사를 표했다. 석호와 꽤나 가까이 지냈던 지효와 경은이었으나 석호가 자퇴를 한 이후 다시 보게 된 것은 오늘이 처음이었다. 석호는 경은과 지효의 인사에 괜찮다는 듯한 표정을 지으며 오른손을 위로 번쩍 치켜들었다. 그리고 이번에는 소희를 바라보며 물었다.

"너는 그때 그 악바리 여자애 아니냐?"

경은과 소희가 중학생 시절 일대일 싸움을 하였을 때 경은에게 맞으면서도 끝까지 일어나 싸움을 계속했던 모습이 떠올랐던 것이다.

"고, 고맙습니다."

소희는 나지막한 목소리로 석호에게 감사를 표했다.

"하하하!"

그녀의 모습을 보며 크게 한바탕 웃어 젖힌 석호는 누구에게 랄 것도 없이 한마디 덧붙였다.

"뭐 어쨌거나, 다들 놀랐을 텐데 앞으로 조심하고 혹시 또 위험한 일 생기면 내게 연락해!"

한마디 툭 던진 석호는 나무숲 밖으로 걸어 나가 그의 오토바이 위에 앉는가 싶더니 어느새 그곳을 훌쩍 떠나 버렸다.

석호가 떠난 뒤, 경은은 소희에게로 고개를 돌렸다. 그리고는 한마디 툭 던지듯 말했다.

"야! 고맙다!"

속에 진심이 담겨 있다는 것은 누구라도 알 수 있었다. 지효 역시 소희에게 인사를 건넸다.

"나도 고마워!"

소희는 경은과 지효를 바라보며 나직이 입을 열었다.

"아니야."

이렇게 말한 소희는 잠시 머뭇거리는 듯하더니 이내 들릴 듯 말 듯한 목소리로 말했다.

"나 갈게."

그러고는 얼른 몸을 돌린 채 그곳을 성급히 벗어나고 있었다. 그런 소희의 뒷모습을 보면서 신준이 소희 쪽으로 달려갔다.

"소희야! 같이 가!"

경은은 신준의 뒷모습을 그저 바라보고만 있었다. 잠시 뒤 신준이 걸음을 멈추더니 큰소리로 외쳤다.

"아아! 유성이다!"

신준의 목소리에 소희, 경은, 지효 모두 하늘을 올려다보았다. 여름날 밤, 무수히도 많은 유성이 떨어지며 밤하늘을 환히 밝히고 있었다. 그야말로 정신없이 흘러내리는 별들이었다. 평생에 볼까 말까 한 밤하늘 별들의 축제! 네 사람 모두 하늘을 바라보며 떡 벌어진 입을 전혀 다물 줄을 몰랐다. 너무도 환상적인 광경에 그저 하늘만 바라볼 뿐이었다.

유성우(流星雨).

여름날 소나기가 마른땅을 적셔 주듯 이들의 가슴에 별의 비가 시원스레 내리는 중이었다.

/

박신준

/

난 박신준.

시간은 생각보다 빠르게 흘러가는 것 같다. 어느새 수능을 치르고서 고등학교 생활을 마무리하는 졸업식장이다. 나의 지난 기억들을 돌아보면 꽤나 즐거운 학창 시절을 보낸 듯하다. 물론, 그땐 어렵고 힘든 것투성이었지만….

중학교 때 전학을 왔던 소희를 처음 보게 되었을 때 왠지 그 애에게 관심이 갔고, 가깝게 지내고 싶다는 생각을 했다. 그러던 어느 날 내가 봉사활동을 하고 있는 구립 도서관에 그 애가 우연히 들르게 되었고 나는 그때 비로소 처음으로 소희와 이야기를 나눌 수 있었다. 그때 내가 느꼈던 설렘은 잊을 수가 없다. 그날 이후 우리는 점점 더 가까워져 함께 서울 나들이를 떠나기도 했다. 하지만, 그다음 날부터 그 애는 갑자기 나를 냉담하게 대하기 시작했다. 완전히 다른 사람처럼…. 난 많이 당황스러웠다. 아무리 생각해도 내가 무언가 그 애에게 잘못한 기억은 없었다. 하지만 그렇게 우리는 서로 멀어진 채 고등학생이 되었고 각자 다른 고등학교로 가게 되면서 서로가 아무런 상관도 없는 사람처럼 되어 버렸다.

그러던 어느 날 갑자기 소희가 다시 내 앞에 나타났다. 내가 다니던 학원으로 다니게 되면서 그녀를 다시 보게 된 것이다. 나의 가슴은 또다시 요동치기 시작했다. 하지만 그녀에게 쉽게 다가갈 수 없었다. 아무 말 없이 그저 그녀를 지켜볼 뿐이었다. 그러던 어느 날, 학원을 마치고 나오던 중에 뜻밖에도 소희가 내게 말을 걸어왔다. 경은과 지효가 심상치 않으니 도와주어야 할 것 같다는 그런 이야기였다. 다시 소희와 이야기를 할 수 있게 되었다는 것만으로도 내게는 얼마나 다행스러운 일인지…. 우리는 무지개 공원으로 향했고 그곳에서 어떤 괴한의 남자들과 이런 저런 푸닥거리들을 해야 했다. 하지만 다행히도 석호 선배가 와 주는 바람에 그 소동은 잘 마무리될 수 있었다.

그날, 우리의 머리 위 밤하늘에서는 별들이 비처럼 쏟아지기 시작했다. 처음 보는 광경에 할 말을 잊은 채로 그저 바라보기만 했다. 우리들의 마음을 완전히 압도하는 황홀함이었다. 그

와중에도 떨어지는 별을 보고 소원을 빌면 이루어진다는 생각이 문득 떠올라 난 마음속으로 하나의 소원을 넌지시 빌어 보았다.

'소희와 잘 지낼 수 있게 해 주세요.'

참으로, 소심한 소원을 빌었지만 그때 난 내가 진심으로 소희를 좋아하고 있다는 것을 확신할 수 있었다.

그날의 사건 이후 많은 것이 달라졌다. 물론, 경은과 지효 그리고 소희의 관계는 겉으로 보기에는 달라진 것이 없어 보일지 모른다. 여전히 경은, 지효 두 사람과 소희 사이에는 그 흔한 친구들끼리의 수다라든가 다른 어떤 교류가 있어 보이지 않았다. 하지만 우리 모두는 분명히 느낄 수 있었다. 서로가 서로를 생각하는 마음이 상당히 달라져 있다는 것을….

나와 소희는 자연스레 대화를 주고받는 사이로 돌아갔다. 오랜 침묵에 비하면 엄청난 변화였다.

소희는 누구나 인정할 만큼 참으로 열심히 공부에 온 힘을 쏟고 있었다. 그래서였을까, 자연스레 나를 비롯한 다른 친구들역시 소희의 대입 성공을 진심으로 기대하게 되었다. 언젠가 학원 자습실에서 공부를 하고 있을 때였다. 아래 학년 학생들이 자습실에서 소란스레 떠들었던 적이 있었는데, 갑자기 경은이 자리를 박차고 일어나 그 무리들에게 눈을 흘기며 한마디 내뱉

박신준

었다.

"야! 이것들아! 닥치고 공부나 해! 그 아가리 찢어 버리기 전에! 쌍!"

일진 출신 경은의 한마디에 자습실은 순식간에 고요한 밤바다가 되었다. 난 잘 알 수 있었다. 경은이 떠드는 학생들에게 일침을 놓았던 것은 소희에게 방해가 되는 것을 막아 주기 위함이라는 것을….

우습게도 가끔, '경은이가 날 좋아하는 건가?' 하는 착각을 한 적도 있다. 지난 번 밸런타인 데이 때 이것저것 값비싼 초콜릿을 한 바구니 가득 내게 안겨 주었을 때에는 조금 오해할 뻔도 했지만 역시나 그건 나를 데리고 장난치기 좋아하는 경은의 짓궂은 장난일 뿐, 사랑이라는 감정으로 해석하는 것은 그녀의 그런 장난에 놀아나게 되는 것이라고 생각했다. 하마터면 오해할 뻔했던 아찔한 순간이었다. 만약, 내가 진지하게 '너 나 좋아해?'라든가 혹은 '우리 사귀자' 따위의 말을 하였다면 얼마나 오랫동안 놀림거리가 되었을까? 생각하는 것만으로도 참으로 아찔하기 그지없다.

학창 시절이 어느새 다 흘러가고 지금 난 졸업의 순간을 맞이하고 있다. 다들, 멋지게 차려 입고서 이곳저곳 사진을 찍느라 정신없어 보인다. 멀리서 경은과 지효가 내가 있는 곳을 향해 걸어오고 있다. 앞으로 각자의 길을 가게 되면 자주 보지는 못할 것이다. 나의 삶에 잊을 수 없는 기억을 남긴 그녀들과 추억이 될 사진을 꼭 찍어 두어야 한다. 비록 소희는 같은 학교가 아니어서 이 자리에 없는 것이 아쉽기는 하지만….

박신준

/

오경은

/

난 오경은.

어느새 나의 학창 시절이 이렇게 끝이 난다는 것이 도무지 믿어지지가 않는다. 차가운 바람이 나의 코끝을 스치고 지나간다. 내 마음은 지금 설렘 반 아쉬움 반으로 싱숭생숭하다. 나의 절친 지효와 함께 우리가 생활했던 학교 이곳저곳을 다니면서 친구들과 수다를 떨어 대고 있다. 난 잘 알 수 있다. 우리들의 웃는 얼굴 뒤에는 이제 다시 만나기가 쉽지 않을 거라는 슬픈 사실을 애써 숨기고 있다는 것을….

친구들과 정신없이 이야기를 나누면서도 나는 운동장 저 멀리 보이는 신준을 슬쩍슬쩍 바라본다. 신준과 난 어릴 적부터 같은 동네에서 자란 친구이다. 처음부터 신준을 좋아했던 것은 아니다. 그냥 가까운 친구였을 뿐. 하지만 언제부터인지, 그가 조금씩 나의 마음 속 깊은 곳으로 스며들고 있었다. 이것을 확실히 깨달았던 건 아마도 중학교 때 같다. 그래서 나는 그를 유심히 관찰하기 시작했다. 신준이 무엇을 좋아하는지, 어떤 습관을 가지고 있는지 등등. 그는 유독 버터링 쿠키를 즐겨 먹었다. 그리고 그는 일본 작가 와카타케 나나미의 추리 소설을 좋아했다. 학교 쉬는 시간에 신준은 언제나 가방에서 버터링 쿠키와 우유를 꺼내어 먹으며 와카타케 나나미의 소설을 읽곤 했다. 신준의 그런 모습을 보노라면 나도 모르게 의미를 알 수 없는 미소가 내 얼굴 전체로 번져 나가곤 했다. 언젠가 한번은 신준에게 왜 그렇게 버터링 쿠키를 좋아하는지 물어보았다. 그는 우유와 함께 먹을 때 입 속에서 퍼져 나가는 버터 향이 좋다고 말하더니 이내 나에게 쿠키 한 조각을 건네 주었다. 나는 그가 준 쿠키를 베어 물었다. 그동안 별 생각 없이 먹던 과자였는데 신준이 준 것이라고 생각하니 왠지 특별하게 느껴졌다. 오물오물 쿠키를 씹으며 신준의 얼굴을 보았다. 갑자기 신준이 나를 보고 웃는 것이 아닌가? 순간 나도 모르게 얼굴이 빨갛게 달아올랐다. 혹시 내 마음을 알아채면 어떡하지? 나는 얼른 고개를 다른 곳으로 돌렸다.

"잘 먹었어!"

아무렇지 않은 듯한 표정으로 애써 바꾼 뒤 다시 신준 쪽을 보면서 툭 던지듯 말하고는 그 자리를 얼른 떠났다. 그날 내가 먹었던 그 버터링 쿠키는 너무도 달콤했다. 무엇보다 신기한 것은 마음으로 전해진 따뜻하다는 느낌. 쿠키를 먹으며 그런 느낌을 받아 본 적은 처음이었다. 그날 이후 난 집에서 인터넷을 뒤지며 직접 버터링 쿠키를 만들어 보기 시작했다. 내가 직접 만든 수제 쿠키를 신준에게 맛보여 주고 싶었기 때문이다. 처음에는 잘 만들어지지 않았지만 대략 한 달 정도 주말마다 만들어 보니 어느새 제법 그럴듯한 쿠키가 완성되기 시작했다. 그러던 어느 날 비로소 나는 이제껏 내가 만든 것 중 가장 맛있는 쿠키를 완성시켰다. 난 이것을 투명 비닐로 포장해서 리본으로 묶었다. 그리고는 궁리했다. 어떻게 하면 최대한 자연스럽게 전해 줄 수 있을까? 한참을 생각한 나는 비로소 답을 찾아냈다. 신준은 주말마다 동네 구립 도서관에서 사서로 봉사 활동을 하므로 그날 신준에게 건네 주면 될 것 같았다. 거기라면 보는 사람도 없을 테고 마치 책을 읽기 위해 온 척하며 아무 책이나 읽다가 자연스레 가방에서 꺼낸 뒤 무심한 표정으로 이렇게 말하며 한 봉지 건네 주면 되는 것이다.

"야! 너도 먹을래?"

신준이 내 마음을 알아주기를 바라면서도 내 마음을 들키면

안 되는 것처럼 행동하는 나의 모습이 참으로 모순적으로 느껴졌지만 아무튼 그때의 난 그랬다. 그러면서 신준에게 넌지시 물어볼 생각이었다.

"뭐, 재미있는 책 없어? 하나 추천 좀 해줘."

그는 자연스레 책 한 권을 추천해 줄 것이고 난 그것을 읽은 뒤 그 책에 대한 이야기를 하며 그와 계속 대화를 이어갈 수 있는 명분을 만들어 낸다는 완벽에 가까운 계획까지 꼼꼼히 세웠었다. 그는 아마도 와카타케 나나미의 추리 소설을 추천하겠지? 신준이 그 소설을 가장 좋아한다는 것을 이미 알고 있었던 나는 이러한 상상을 하며 주말이 오기만을 기다렸다.

드디어 주말이 왔고 난 나의 계획을 실행에 옮기기 위해 구립 도서관으로 향했다. 햇살이 내리쬐는 나른한 오후였다. 따뜻한 그날의 날씨는 나의 마음을 더욱 설레게 했다. 그렇게 계단을 하나씩 밟고 올라가 구립 도서관 건물로 들어간 뒤 열람실 문을 조용히 열었다. 그리고 신준이 있는지 슬쩍 고개를 내밀어 안을 살폈다. 멀리 창가 쪽 자리에 신준이 있었다. 나는 반가운 마음에 열람실 안으로 몸을 완전히 밀어 넣으려는 찰나 또 한 명의 사람이 눈에 들어왔다. 신준 옆에 있는 어떤 여자애. 그 애는 얼마 전 전학을 온 은소희였다. 둘 사이에 어떤 대화가 오고 가는지 정확히 알 수는 없었다. 나의 두 눈에 소희가 와카타케 나나미의 책을 들고 있는 모습이 들어왔다. 실은 멀리 있었기에 그것이 와카타케 나나미의 책인지 확신할 수는 없었으나 분명 그렇게 느껴졌다. 게다가 열람실 책상 위 몇 조각 놓여 있는 버터링 쿠키를 보니 이미 그것을 함께 나눠 먹고 있던 것이 틀림없어 보였다. 내 온몸은 그 자리에서 얼어붙어 버렸다. 그렇게 잠시 동안 멍하니 서 있었다. 둘은 내가 있다는 것을 눈치 채지 못한 듯했다. 이내 정신을 차린 나는 얼른 뒤돌아 구립 도서관 바깥으로 나와 버렸다. 소중한 무언가를 도둑맞은 기분이었다. 내가 신준과 함께 하려고 그려 왔던 소소하지만 소중한 장면들을 완벽하게 도둑맞은 것이다. 은소희라는 그 전학생에게! 이 아픔은 얼마 지나지 않아 그녀를 향한 증오심으로 변해 버렸다.

그날 이후 나는 어떻게 하면 이 전학생에게 씻을 수 없는 생채기를 낼 수 있을지 생각하고 또 생각했다. 그 애는 몰랐겠지만 이미 우리의 전쟁은 시작된 것이다. 싸움의 첫 번째 원칙! 나에게 유리하고 상대에게 불리한 상황을 만들어라! 난 내가 다니던 학교에서 이미 일진으로 소문나 있었다. 이것은 내게 아주 유리한 카드임에 틀림없다. 심리적으로 소희를 확실하게 압박할 수 있는 카드! 난 그녀를 전교생 앞에서 망신 주기로 했다. 그래서 오래도록 학교의 전통으로 이어져 내려오는 결투를 신청하여 공개적으로 한판 승부를 제안했던 것이다. 일단, 그녀를 학교 옥상으로 불러내어 전교생 앞에 세우는 데까지는 성공이었다. 여기까지는 내가 예상한 그대로였다. 하지만 다음부터의 상황 전개는 나의 예측과는 완전히 다르게 진행되었다. 난 사실 진짜 싸움은 없을 것으로 예상하고 있었다. 왜냐하면 이 정도만 해도 웬만한 애들은 모두 기가 질려 얼굴이 새파래지면서 두려움에 벌벌 떨기 때문이다. 하지만 소희는 달랐다. 그녀는 작은 체구에 힘이 센 것도 아니었지만 물러서지 않고 끝까지 맞서 싸웠다. 여기서부터 나의 계산은 완전히 빗나갔던 것이다. 뜻하지 않게 싸움은 격렬해졌다. 겉으로 드러나는 이 싸움의 흐름은 내가 훨씬 유리했다. 내 힘이 그녀보다 한참 우위에 있었기 때문에…. 하지만 내 머릿속은 점점 더 복잡해져 가기만 했다. 소희라는 애는 아무리 쓰러져도 기어이 다시 일어서는 오뚝이였기 때문이다. 생각해 보면 이 애야말로 잃을 것이 아무것도 없었다. 어차피 일진으로 소문나 있던 건 내 쪽이니까. 내가 만약 이 싸움에서 지게 된다면 난 모든 걸 잃게 될 터였다. 그동안 쌓아 왔던 나의 입지는 물거품처럼 완전히 사라져 버릴 것이다. 그리고 소희는 학교에서 새로운 중심 인물이 되겠지? 생각이 여기까지 이르자 난 온 힘을 다하게 되었다.

그 사건 이후, 우리는 중학교를 졸업하는 그날까지 서로 한마디도 하지 않았다. 그리고 각자 다른 고등학교로 진학했다. 하지만 어느 날 갑자기 내가 다니던 학원에 그녀가 다시 나타났다. 물론, 우리는 여전히 서로 말을 섞지 않았다. 하지만, 곰곰이 생각해 보면 난 중학교 때의 그 사건 이후로 진심으로 소희를 미워했던 적은 없는 것 같다. 잘못은 오히려 내 쪽이 하지 않았는가? 게다가 그녀와 맞붙으며 느꼈던 그녀의 용기와 기백은, 솔직히 인정하지 않을 수 없었다. 난 내심 소희 쪽에서 먼저 내게 말을 걸어 주기를 바란 적도 있다. 물론, 그런 일은 생기지 않았다. 우리 둘 다 자존심 때문에 서로에게 애써 냉담한 척 서로를 향한 침묵을 이어 갔던 것이다.

어느 날, 지효가 심각한 표정을 지으며 내게 말했다. 그녀의 전 남친이 계속 자신을 스토킹한다는 이야기. 의리를 목숨처럼 여기는 내게 있어 그녀의 얘기는 절대 그냥 지나칠 수 없는 것이었다. 물론, 나도 솔직히 무서웠다. 지효의 전 남친은 나이도 더 많은 데다가 학교의 태권도 대표 선수 출신이기 때문이었다. 하지만, 난 친구를 위해 용기를 내야 한다고 다짐했고 그녀와 함께 그 스토커 전 남친을 마주했다. 그리고, 결국 대형 사건이 터져 버렸다. 한밤에 무지개 공원 으슥한 곳에서 지효의 전 남친과 그리고 그 자리에 함께 있던 그의 두 명의 친구들에게 지효와 난 완전히 둘러싸인 것이다. 진정한 공포가 어떤 것인지 충분히 맛볼 수 있었다. 그런데, 이때, 갑자기 누군가 나타났다. 은

오경은

소희! 그리고 박신준! 이들이 어떻게 이곳에 왔는지 그땐 전혀 알 수 없었다. 하지만 그 반가움이란…. 공포가 컸던 만큼 구원의 손길도 강렬하게 다가왔다. 물론, 소희와 신준이 이들과의 싸움에서 그 어떤 유리함도 가져올 수는 없었다. 하지만, 이 두 사람 모두 한 발짝도 물러서지 않았다. 특히, 소희는 내가 느꼈던 그 악바리 같은 근성을 다시 한번 유감없이 보여 주고 있었다. 물론, 아무리 그렇다 할지라도 소희는 연약한 여자였고 신준은 싸움이라고는 해 본 적이 없는 착한 남자였다. 결국 난 이 상황의 어려움을 피할 길은 전혀 없다는 생각과 함께 모든 걸 완전히 체념하려 했다. 하지만 그때, 또 한 명의 의외의 인물이 나타났다. 이번에는 진짜 슈퍼 히어로였다. 바로, 장석호! 석호 선배는 학교 다닐 때부터 단 한번도 싸움에서 져 본 적이 없는 타고난 싸움꾼이었다. 물론, 이번에도 그 전설이 이어질 것인지 염려도 되었지만 싸움이 시작되고 3초도 되지 않아 나의 염려는 완전히 사라져 버렸다. 태권도로 단련된 지효 전 남친의 번개 같은 발차기를 번개보다 더 빠르게 피한 뒤 오른손 주먹으로 그의 복부를 정확히 강타하는 모습은 그야말로 액션 영화의 한 장면이나 다름없었다. 어릴 적 아빠 때문에 본 적이 있는 이연걸 영화의 한 장면이 오버랩되는 듯했다. 석호 선배가 세 명을 모두 물리치기까지는 별로 오래 걸리지 않았다. 석호 선배의 싸움 실력은 그야말로 상상초월이었다. 타고난 동물적 감각을 가지고 있다고밖에는 달리 할 말이 없었다.

그날의 소동은 그렇게 끝이 났다. 나중에 알게 된 이야기지만, 지효의 전 남친은 태권도 특기생으로서 대학교 진학에 성공하기는 했으나 그곳에서 이미 성추행 사건으로 문제가 되어 학교에서 쫓겨나 퇴학을 당한 상태였던 것이다. 그러고서는 지효를 다시 찾아와 스토킹하며 또 다른 성추행을 시도했던 것이다. 물론, 석호 선배에게 혼쭐이 나 버렸지만!

나와 소희가 서로 수다를 떠는 그런 친구 사이로 발전한 것은 아직 아니었다. 역시나 알 수 없는 자존심 비슷한 것 때문이었을까? 서로 별로 말을 걸지 않은 채 그렇게 또 시간을 보냈던 것이다. 하지만 분명히 무언가 달라지기는 했다. 겉으로 표현을 하지는 않았으나 우리의 서로를 바라보는 눈빛만큼은 더 이상 차갑지가 않았다. 어쩌면 우리는 이미 친구 이상의 사이가 되어 있는 것인지도 모른다. 난 그 사건 이후로 소희가 공부를 잘할 수 있도록 내 나름의 방법으로 그녀를 도와주었다. 학원에서든, 학교에서든 소희가 공부하는 곳에서 떠드는 녀석들이 보일 때면 여지없이 그들을 향해, 찰진 욕으로 디스 배틀을 하는 래퍼들처럼 그동안 갈고닦은 욕설 사운드를 유감없이 내뱉곤 했다. 어차피, 난 일진 출신이므로 그런 식으로 행동을 해도 누구도 감히 내게 뭐라 하는 애들은 없었다. 게다가, 소문이란 언제나 과장되는 법! 지효의 전 남친 사건이 애들 사이에서 이상하게 소문이 나더니 남자 괴한 세 명을 내가 다 쓰러뜨린 것으로 각색되어 있었던 것이다. 진정한 해결사였던 석호 선배는 그저 내가 상황을 종료시킨 후에 나타난 한발 늦은 히어로가 되어 있었고 어느새 난 원더우먼과 맞먹는 여전사 중의 여전사가 되어 있었다. 물론, 그런 허무맹랑한 소문에 코난[3] 같은 표정을 지으며 반론을 제기하는 애도 있었다. 그게 말이 되냐면서! 물론, 나도 전혀 말이 되지 않는다고 생각한다. 하지만, 소문이란 게 원래 그런 걸까? 궁지에 몰린 내가 갑자기 교복 안쪽 주머니에서 늘 품고 다니던 작은 단도를 꺼내더니 그 괴한들에게 나를 털끝 하나라도 건드리기만 하면 여기서 콱 죽어 버릴 것이고 그러면 너희들은 살인자가 되어 감방에서 평생 썩어야 할 것이라는 자해 공갈 협박을 했다고 한다. 이렇게 이야기는 또 한번 각색된 것이다. 어쨌거나, 그 소문에 따르면 그들은 나의 똘기 가득한 협박에 당황했는데, 내가 기어이 두 팔을 뻗어 칼을 위로 쳐든 뒤 내 심장 쪽으로 찌르려는 모습을 보이자 이내 그들은 누가 먼저랄 것도 없이 서로 비명을 질러 대며 뒤돌아 도망쳤다고 한다. 더욱이 그 칼이 무슨 일본 사무라이들이 할복할 때 쓰던 유서 깊은

---

3) 일본 추리 만화의 주인공 이름.

166

|

버터 향 기억의 퍼즐

명품 단도였다나 뭐라나? 난 내게 불리할 게 없는 소문은 굳이 정정하지는 않는다. 그래서 흘러 다니는 그런 말들에 아무런 반응도 보이지 않았다. 집요한 성격의 할 일 더럽게 없는 한 남자애가 계속 내게 소문의 그 단도를 보여 달라며 귀찮을 정도로 따라다녀 어쩔 수 없이 주말을 틈 타 서울에 있는 동대문 시장에서 그럴싸한 칼 하나를 사와서 보여 준 적이 있기는 하다. 칼 손잡이 뒤에 '메이드 인 차이나'라고 새겨진 부분을 지우느라 커터 칼로 그 자리를 마구 긁어 대는 작업은 참으로 번거롭기 그지없었지만…. 아무튼, 그 헛똑똑이 남자애는 그 칼을 본 이후 나의 전설 같은 활약상이 증거가 존재하는 분명한 진실이라며 다른 어떤 누구보다 더 크게 떠들고 다녔다. 선동이 이렇게 쉬운 것이라면 히틀러[4]도 별것 아닌 녀석일지도 모른다는 생각이 들 정도였다.

시간은 아주 빠르게 흘러가 어느 새 수능 시험이 코앞에 다가왔다. 그 즈음 우리 집에 이모가 방문을 했었는데 이모는 쇼핑백에서 아주 소중한 무언가를 꺼내는 듯하더니 이내 그 물건을 내게 건네 주었다. 그것은 낡은 초록색 방석이었다. 나는 영문을 몰라 이모를 바라보았다.

"경은이 이제 곧 수능 시험이지? 이건 말이야, 우리 집안 대대

---
4) 독일의 선농 정치가.

로 내려오는 합격의 방석이란다. 너도 알다시피 네 이모부가 삼 형제잖니? 그런데 그 삼 형제가 대학 시험 때 이 방석을 깔고 시험을 쳤고 신기하게도 모두 원하는 학교에 합격을 했지. 그래서 너도 이 행운의 방석을 깔고 시험을 치르면 분명 좋은 결과가 있을 거야."

이모는 이렇게 말한 뒤 주먹을 불끈 쥐며 내게 응원을 보내주었다. 그 방석은 전반적으로 수수해 보였지만 초록 빛깔이 나름의 멋스러움을 뽐내고 있었다. 이모의 말을 그대로 믿는 것은 아니었으나 응원해 주는 이모의 마음만은 고맙게 느껴졌다. 하지만 그때, 내 머릿속에는 소희의 얼굴이 떠올랐다. 이 방석이 정말로 행운의 방석이라고 한다면 그 마법 같은 행운은 나보다는 소희에게 가는 게 더 나을 것 같다는 생각이 들었기 때문이다. 사실 이즈음의 난 이미 4년제 대학보다는 제빵 관련 기술을 배울 수 있는 그런 전문 학교를 염두에 두고 있었다. 신준이가 내게 준 버터링 쿠키가 계기가 되어 그날 이후 혼자서 버터링 쿠키를 몇 번 만들다 보니 쿠키나 빵과 같은 주전부리들을 만드는 데 흥미가 있었고 그동안 나름 열심히 공부한다고 몸부림도 쳐 보았으나 속 시원한 성적이 나오지 않던 난 차라리 나의 진로를 본격적으로 이쪽으로 하는 것이 더 낫겠다는 생각이 들었기 때문이다.

다음 날 나는 방석을 학원에 가져갔다. 그리고 자습실 안, 늘 같은 자리에서 공부하고 있는 소희에게 다가가 그것을 내밀었다. 소희는 영문을 모르겠다는 표정으로 나를 보았다. 난 그런 소희에게 말했다.

"이거, 우리 집 대대로 내려오는 행운의 방석이야. 너 시험 잘 보라고!"

그러곤 방석을 그녀의 책상 위에 올려둔 다음 바로 몸을 돌려 성큼성큼 문을 향해 걸어갔다. 자습실을 나가려는 찰나, 소희의 목소리가 들렸다.

"고마워!"

지금 난 지효 그리고 신준과 함께 서로의 졸업을 축하하며 함께 사진을 찍고 있다. 우리들의 이 사진은 훗날 큰 웃음을 선사하는 훌륭한 우울증 예방약이 되어 줄 것이다. 빠르게 흘러가 버린 시간들이 그저 야속할 따름이다.

오경은

/

오리엔테이션

/

아직은 겨울의 흔적이 남아 있는 봄이었다. 원하는 대학에 당당히 합격한 소희는 설레는 하루하루를 보내고 있었다. 학교에서 오리엔테이션에 참가하라는 문자를 받고서부터 어떤 옷을 입을지, 머리는 염색을 할지 말지 등을 고민하고 있었다. 즐거운 고민들이었다. 2박 3일 일정으로 진행될 오리엔테이션은 학교 안 광장에 모여 버스를 타고서 출발하기로 되어 있었다.

"이름이 은소희? 자, 이걸 목에 걸고 3번 버스를 타세요."

꽤나 핸섬해 보이는 선배가 소희에게 이름표 목걸이를 주면서 친절하게 안내를 했다. 소희는 그의 안내에 따라 3번 버스에 올랐다. 어색한 표정의 신입생들이 여럿 앉아 있었다. 사이사이 즐거운 표정으로 주위의 사람들과 대화를 나누고 있는 이들도 있었는데 아무래도 선배들이 틀림없었다.

소희는 창가 쪽 적당한 곳에 자리를 잡고 앉았다. 몇 명의 학생들이 더 타는가 싶더니 버스는 서서히 출발하기 시작했다.

한 선배가 버스 중앙 통로로 나오더니 마이크를 집어 들었다. 소희가 보니 조금 전 이름표 목걸이를 나눠 주던 사람이었다.

"자! 여러분들의 합격을 축하합니다. 이곳에 모인 우리는 모두 같은 학부 소속이니까 앞으로 학교 생활 하면서 서로 자주 보게 될 거예요."

이렇게 시작한 그의 이야기는 한참 동안 이어졌다. 그러고 나서 그는 말했다.

"자, 그럼 지금부터 분위기 전환을 위해 게임을 시작하겠습니다. 걸리는 사람은 벌칙으로 노래를 한 곡 하는 것으로 하죠."

버스 안은 천천히 분위기가 달아오르며 시간이 흐를수록 활기를 띠고 있었다. 게임에 서툴렀던 소희는 결국 지명되어 사회를 보던 선배와 함께 노래를 한 곡 불러야만 했다.

버스는 어느새 목적지에 다다랐다. 해가 뉘엿뉘엿 지고 있었다. 강원도의 한 콘도에 도착한 이들은 여전히 산 곳곳에 켜켜이 쌓여 있는 눈을 보며 아직은 겨울의 끝자락이라는 것을 다시 한번 실감할 수 있었다. 바람도 꽤나 쌀쌀했다.

각자 자기가 속한 조가 할당받은 숙소로 들어가 짐을 풀고서
는 함께 식당으로 가 저녁을 먹었다. 그리고 다음 프로그램을
위해 학생들은 콘도 옆에 있는 강당 안으로 들어갔다. 건축에
대해 전혀 모르는 소희가 보아도 간편하게 지어진 조립식 건물
이라는 것쯤은 쉽게 알 수 있었다. 조립식치고는 꽤나 크게 지
어진 건물이었다. 모든 학생들을 충분히 수용하고도 남았다.
어느새 밤이 깊었고 이곳에서 본격적으로 오리엔테이션이 시
작되었다. 남녀 한 쌍의 선배들이 나와 사회를 보았다. 학교에
대한 소개가 짤막하게 나오더니 이내 레크리에이션 순서로 넘
어갔다. 대학교의 행사는 고등학교와는 뭔가 달라도 달랐다.
레크리에이션을 진행해 주는 사람이 알고 보니 지금은 TV에 별
로 나오지 않지만 한때 개그맨으로서 꽤나 인기를 끌었던 적이
있는 소희도 알 만한 연예인이었다. 비록 한물간 인물이기는 해
도 그의 입담은 여전했다. 주위를 둘러보니 다들 즐거워하는 표
정들이었다. 모두가 힘들었던 지난 시간은 다 잊고서 마음껏 즐
기기로 결심한 것 같았다. 얼마간의 시간이 흘렀을까? 갑자기
소희의 두 귀가 멍멍해져 오더니 어디에선가 다급한 목소리가
들려왔다.

"위험해!"

소희는 깜짝 놀라 주위를 둘러보았다. 하지만 달라진 것은 아

무엇도 없었다. 학생들은 여전히 웃고 떠들며 레크리에이션을 즐기고 있었다. '잘못 들었나 보다'라고 생각하며 시선을 다시 앞쪽 무대로 돌렸을 때, 다시 한번 다급한 목소리가 소희의 두 귀를 때렸다.

"위험해!"

너무 놀란 소희는 모든 신경을 두 귀에 집중시켰다. 다급함을 알리는 목소리가 또 한번 들렸다.

"여기는 위험해! 어서 나가!"

확실하게 들었다. 왠지 익숙한 목소리가 소희에게 위험하다는 메시지를 보내고 있었다. 조용히 혼자 이곳을 떠나야 하는 것인지, 아니면 위험하다고 크게 외쳐야 하는 것인지? 어떻게 해야 할지 모른 채 그 자리에서 머뭇거리고만 있었는데 건물 어디에선가 '우지끈!' 하는 소리가 들려왔다. 강당 안은 순간적으로 정적이 흘렀다. 하지만 아무 일도 일어나지 않자 다시 활기찬 분위기로 되돌아갔다. 하지만, 그것도 잠시, 이번에는 건물 위쪽에서 우지직, 우지직 하는 소리가 연이어 들려왔다. 강당 안은 또다시 찬물을 끼얹은 듯 고요해졌다. 그러더니 강당 가장 안쪽의 벽이 앞으로 천천히 넘어지기 시작했다.

"어어어!"

학생들은 다들 누가 먼저랄 것도 없이 뒤쪽에 위치한 출입문을 향해 내달리기 시작했다. 강당 안은 순식간에 아수라장이 되어 버렸다. 깜짝 놀란 학생들이 정신없이 달려 나가다 보니 서로 부딪히고 넘어지면서 여기저기 고통의 비명소리들이 들려오기 시작했다. 소희도 이런 혼돈 속에 출입문을 향해 열심히 내달렸다. 분명, 작은 문이 아니었으나 이 순간만큼은 밖으로 향하는 그 문이 너무도 작아 보였다. 정신없이 내달린 소희는 가쁜 숨을 몰아쉬다 비로소 주변을 둘러보았다. 다행히 이미 건물 밖에 나와 있었다. 어떻게 탈출했는지 아무런 생각도 나지 않았다. 그저 문을 향해 내달렸고 여기저기 부딪히면서도 고통을 느낄 여유조차 없이 필사적으로 탈출구를 통해 빠져나왔던 것이다. 이제야 소희는 양쪽 팔이 새빨갛게 달아올라 있음을 깨달았다. 고개를 돌려 강당 쪽을 바라보니 아직 미처 나오지 못한 학생들이 필사적으로 몸부림을 치고 있었다. 아까 버스에서 소희와 함께 노래를 불렀던 선배가 강당 건물 문 가까이에 서서 학생들을 대피시키고 있었다. 소희는 다소 멍한 상태에서 그 광경을 바라보았다. 다행히 대부분의 학생들이 빠져나온 것 같았다. 더 이상 문을 통해 나오는 학생들은 아무도 없었다. 문 쪽에 있던 그 선배는 안쪽으로 고개만 살짝 넣고서는 크게 외쳤다.

"거기, 이제 아무도 없어요?"

벽이 무너지며 전선이 끊어졌는지 강당 안은 칠흑처럼 어두웠다. 강당 안에서는 어떠한 대답도 들려오지 않았다. 아무도 없다고 확신한 그 선배는 학생들이 모여 있는 쪽으로 천천히 발걸음을 옮겼다. 하지만, 소희는 무언가 찜찜한 느낌이 가시지 않아 강당 입구 쪽으로 가 보았다. 그리고 직접 강당 안을 향해 소리를 질러보았다.

"아무도 없나요?"

가만히 귀를 기울였다. 그러자 강당 안쪽에서 조그마하게 신음 소리가 들려오는 것 같았다. 여자의 신음 소리였다. 소희는 학생들 쪽을 돌아보며 다급히 외쳤다.

"안에 누군가 있어요!"

방금 전의 그 선배는 소희의 목소리가 들리자 다시 강당 쪽으로 고개를 돌렸다. 이때 또다른 어떤 선배가 어디에선가 손전등을 들고서 이쪽으로 달려오고 있었다. 그리고는 안쪽을 비춰 보았다. 안에는 한 여학생이 자신의 오른쪽 발목을 붙잡은 채로 쓰러져 있었다. 아마도, 넘어진 채 여러 학생들에게 밟힌 것이 아닌가 생각되었다.

"구해야 돼!"

소희는 순간적으로 혼잣말을 하고서는 강당 안으로 휙 하고 다시 들어가 버렸다. 손전등을 들고 있던 선배는 어찌해야 할지 몰라 당황해하고 있었다. 이때, 마지막까지 학생들을 대피시켰

던 선배가 손전등을 들고 있는 그 친구에게 계속 안쪽을 비춰
달라고 말한 뒤 역시 강당 안으로 들어갔다. 강당은 또다시 우
지직, 우지직 하며 무언가 갈라지고 있는 소리를 내기 시작했다.
지난 겨울 동안 켜켜이 쌓인 눈의 무게를 이기지 못한 채 약한
부분부터 무너지고 있었다.

/

오늘은 그날!

/

진우는 여느 때와 같이 학원에 와서 수업 준비를 하고 있었다. 날씨는 아직 쌀쌀했지만 햇살만큼은 눈부신 그런 날이었다. 강의실에서 이런 저런 책을 들여다보며 학생들에게 가르칠 내용을 정리하고 있는데 그때 누군가 문을 박차고 강의실 안으로 들어왔다. 진우는 깜짝 놀라 고개를 돌렸다. 소희였다. 숨을 헐떡이며 잠시 그 자리에 서 있던 소희는 이내 진우를 바라보며 입을 열었다.

"선생님! 저 합격했어요!"

소희의 입가에는 미소가 환하게 번져 나갔다. 진우와 소희는 서로의 눈을 잠시 바라보는가 싶더니 이내 소희가 달려오더니 진우에게 와락 안겼다.

"선생님! 저 합격했어요!"

같은 이야기를 다시 한번 확인하듯 반복하는 소희였다. 소희의 이야기를 들은 진우는 기쁘지 않을 수 없었다. 그동안 소희가 얼마나 열심히 공부했는지 너무도 잘 아는 진우였다. 처음에 이 학원에 왔을 때만 해도 그다지 성적이 좋지 않았던 소희는 남은 시간 동안 어떻게든 1점이라도 더 올리기 위해 처절한 몸부림을 매일매일 계속했던 것이다. 진우 앞에서 눈물을 흘리는 날도 많았다. 너무도 후회가 된다며…. 진작부터 공부를 열심히 했다면 지금 이렇게 고생하지는 않았을 텐데 놀면서 낭비했던 시간들이 너무나 아깝게 느껴져 후회가 될 뿐이라며, 힘들 때마다 진우에게 하소연과 함께 눈물을 보였던 소희였다. 진우 역시 무언가 더 해 줄 수 없는 것이 안타깝기만 했다. 학원 강사로서 해 줄 수 있는 것은 학생들에게 필요한 지식을 신속하고 정확하게 전달하는 것뿐, 학생을 위해 대신 공부를 해 줄 수도, 대신 시험을 치러 줄 수도 없는 노릇이었다. 힘들어하는 학생들의 모습을 볼 때면 진우는 마치 자신의 잘못인 것처럼 마음이 무거워지곤 했다. 그런데 드디어 지금, 소희가 자신이 원하던 학교에 합격을 했다며 진우에게 안겨 기쁨의 눈물을 하염없이 흘리고 있는 것이다. 진우로서도 참으로 감격스러운 순간이 아닐 수 없었다.

'서민서!'

　진우의 머릿속에는 갑자기 그 옛날 미국으로 떠난 예전 여자 친구의 이름이 떠올랐다. 처음 소희를 보았을 때 눈매와 얼굴 윤곽이 민서와 너무도 닮아 속으로 깜짝 놀랐다. 이후 진우는 소희를 볼 때마다 민서의 모습이 중첩되어 보이곤 했다. 그래서였을까? 진우는 소희에게 더욱 애착을 가지고 도움을 주고자 했던 것 같다. 물론, 선생님으로서 모든 학생들을 똑같이 공평하게 대해 주려고 노력해 온 진우였다. 하지만, 사람의 마음이라는 것이 늘 뜻대로 움직이는 게 아니기에 진우는 자기도 모르게 어느새 소희에게 특별히 더 신경을 쓰는 자신의 모습을 발견하고는 했다. 소희에게 잘해 주는 만큼 민서를 잡지 않았던 그 실수를 만회라도 할 수 있는 것처럼….

　민서와 헤어지고 어느 날, '그녀는 내가 잡아 주기를 원했던 것은 아니었을까?' 하는 생각이 문득 들었다. 사람은 누구나 자기 나름의 인생 바둑을 두고 있다. 민서는 외국 취업이라는 포석을 만들 수도 있었고 국내 취업이라는 포석을 만들 수도 있었다. 그리고 그녀는 결정적인 그 순간에 자신의 바둑판을 진우에게 보여 주었던 것이다. 하지만 진우의 눈에는 민서가 보여준 바둑판에서 외국 취업이라는 포석만이 눈에 선명히 들어왔다. 진우는 그때 아직 무언가 확실히 정해지지 않았던 자신의 미래에 초조해하고 있었다. 만약, 민서가 외국으로 떠나지 않고 한국에서 취업의 길을 선택하고 진우와의 사랑을 이어 나간다면 이제 곧 결혼 문제를 맞닥뜨리게 될 것은 뻔한 일이었다. 진우보다 나이가 많았던 민서. 아무리 오래 기다린다고 하더라도 민서가 기다릴 수 있는 시간의 한계는 서른 초반까지 정도일 것이라고 진우는 생각했다. 그 안에 진우는 취업을 해 결혼 자금을 만드는 것까지 해 내야 한다는 생각을 하자 시간이 너무도 촉박하게 느껴졌다. 게다가 그때의 진우는 가장 자신감이 떨어져 있던 상태였다. 취업을 해야 할 나이에 이르렀지만 아직 어디에서 일을 하게 될지 결정되지 않은 입장에 있어 본 사람이라면 누구나 한번쯤 경험해 보는 두려움일 것이다. 게다가 유달리 강한 진우의 자존심도 스스로를 더욱 옥죄어 왔다. 자리를 확실히 잡지 못한 상황에서 서둘러 결혼을 했을 경우 감당해야 했던 초라한 모습은 진우로서는 도저히 용납이 되지 않았다. 그런 진우에게 연상의 여자라는 건 이제는 꽤나 거추장스럽게 느껴졌다. 자신의 자존심을 지키는 효과적인 방법은 연상보다는 시간을 벌 수 있는 연하의 여자를 찾는 것. 민서가 진우에게 자신의 바둑판을 보여 주었던 그날 민서는 어떤 생각을 했던 걸까? 바둑알 하나를 어디에 놓느냐에 따라서 민서의 인생은 완전히 달라질 수 있었다. 민서는 그 바둑알 하나를 진우가 놓아 주기를 바랐던 것

버디 향 기억의 퍼즐

은 아닐까? 그리고 그녀는 내심 확신하고 있었던 것은 아닐까? 진우가 놓아 줄 바둑알의 위치는 자신이 생각하는 바로 그곳이 라고….

그녀는 떠났다. 아니, 떠났다기보다는 떠나지 않을 수 없었던 것인지도 모른다. 민서는 자신이 던진 질문에 대한 진우의 답을 보면서 확실히 깨달았던 것이다. 진우가 가장 사랑하는 사람은 민서 자신이 아니라는 걸…. 진우가 가장 사랑하는 사람은 바로 진우 자기 자신, 그다음이 민서였다. 민서는 진우를 진심으로 사랑했었다. 그렇기 때문에 진우의 마음을 알았을 때, 더더욱 빨리 진우에게서 멀어지려 한 것이다. 민서가 진우를 사랑했던 만큼, 이별은 쉬운 일이 되어 주어야 했기에….

그리고 한참의 시간이 더 흐른 뒤 진우는 충격적인 사실을 알 게 되었다. 바로 민서의 죽음. 미국에 취업한 민서는 휴가 때면 한국으로 돌아오곤 했는데 다시 미국으로 가기 위해 탑승했던 비행기가 원인 불명의 사고로 바다 한가운데에 추락했던 것이 다. 이로 인해 서민서라는 존재는 이 세상에서 완전히 사라져 버렸다. 진우는 이러한 소식을 뒤늦게 지인으로부터 듣게 되었 다. 그 이야기를 처음 들었던 날 밤 방에 홀로 앉아 하염없이 눈 물을 흘렸다. 쉼 없이 흘러내리는 눈물. 민서가 마치 자신의 알 량한 자존심으로 인해 희생된 것처럼 느껴졌던 진우는 비겁한

자기 자신을 도저히 용서할 수가 없었다. 스스로를 향한 분노가 컸던 만큼 그녀의 모습은 절대로 지워지지 않을 선명한 기억이 되어 진우의 가슴속에 새겨지고 있었다.

이런 진우에게 있어서 행복해하는 소희의 모습은 마치 민서가 행복해하는 것처럼 느껴졌다. '다행이야'라고 속으로 되뇌는 진우였다. 누가 누군가를 닮는다는 건, 단지 생물학적 우연일 것이다. 하지만, 사람들은 예사롭지 않는 운명처럼 생각하곤 한다. 소희가 흘리고 있는 지금의 이 눈물은 마법의 물약처럼 진우의 가슴속 상처를 어루만지고 있었다. 오늘은 민서와 자매처럼 닮아 있는 소희가 합격 발표를 듣게 된 날이다!

은소희

/

난 은소희.

내가 원하는 대학에 진학하기 위해 정말 최선을 다했다. 공부를 제대로 해 보기로 결심한 순간부터 '진작부터 열심히 할걸…' 하는 후회를 하지 않았던 적이 없었다. 하지만 좌절하지 않고 끝까지 최선을 다하겠다는 생각 하나만을 구원의 동아줄이라도 되는 것처럼 꼭 붙잡은 채 하루하루 자신과의 싸움을 이어 나갔고 비로소 추가 합격으로 내가 목표했던 학교에 들어갈 수 있었다. 합격의 소식을 듣자마자 돌아가신 아버지가 가장 먼저 떠올랐다. 살아 있었다면 지금쯤 얼마나 기뻐하실까? 아버지의 죽음을 생각하면 내게도 책임이 있는 것처럼 느껴져 하루도 마음이 편한 날이 없었다. 그래서, 참으로 오랫동안 난 방황하지 않을 수 없었다. 신준을 비롯해 다른 여러 친구들을 더 이상 웃는 낯으로 대할 수 없었다. 아빠를 죽인 내가 아무 일도 없는 사람처럼 웃으며 지낸다는 것은 말이 되지 않기 때문이다. 난 벌을 받아 마땅하다고 생각했다. 아버지는 결코 나쁜 사람이 아니었다. 단지, 술을 과하게 마시면 마치 전혀 다른 사람처럼 변해 버리는 것이 문제였을 뿐. 험난한 인생의 파도를 넘으려다 보니 발생하게 되는 심리적 반작용이었으리라. 아무튼 이제 이 세상에 아버지는 존재하지 않는다.

나의 합격 소식에 어머니는 눈물까지 흘리며 기뻐하셨다. 아버지의 죽음 이후 혼자서 나와 내 동생을 키워야 했던 어머니의 어깨가 얼마나 무거웠을까? 하지만 이제는 나도 아르바이트 같은 것들을 해서 어머니를 도와드릴 수도 있게 되었다. 어머니의 자랑스러운 딸이 된 것 같아 기쁘기 그지없다.

합격을 알게 된 날 가족들에게 가장 먼저 이 소식을 알린 다음 나는 학원으로 정신없이 내달렸다. 물론, 핸드폰으로 학원에 알릴 수도 있었으나 왠지 직접 이 소식을 전하고 싶었다. 무엇보다도 진우 쌤만큼은 얼굴을 마주하고서 소식을 전하고 싶었다. 어떻게든 나의 성적을 올리기 위해 진우 쌤이 얼마나 정성을 쏟았는지 나는 잘 알고 있다. 학원에서 늦게까지 공부를 할 때면 선생님의 차를 타고서 귀가했던 적도 꽤 많았다. 선생님 집의 방향과 우리 집의 방향이 정반대였기에 나를 바래다주는 날은 아마도 족히 30분 정도는 더 늦게 귀가해야 했으리라. 늦은 새벽 카톡으로 질문을 보내도 거의 실시간으로 답변이 왔다. 물론, 수업 중에 선생님이 보여 주었던 정성이란 더 말할 것도 없다.

아무튼, 난 합격을 통해 나를 도와주었던 모든 사람들에게 보답을 해 줄 수 있게 되었다.

나는 손꼽아 기다리던 학교의 오리엔테이션에 참가했다. 서로가 처음에는 어색했지만 시간이 흐르면서 조금씩 가까워졌다. 특히, 버스에서 간단한 게임과 함께 선배와 신입생이 함께 노래를 부르는 시간을 가졌던 것은 우리들의 긴장을 푸는 데 톡톡한 역할을 해 주었다. 콘도에 도착할 즈음에는 어느 새 버스 안은 훈훈한 분위기로 바뀌어 있었다. 여장을 풀고 저녁을 먹은 뒤 강당으로 향했다. 강당 안은 생각보다 넓었다. 모든 학생들이 그곳으로 들어가 선배들이 준비한 순서에 맞춰 레크리에이션을 즐기기 시작했다. 나 역시 그동안의 스트레스를 모두 날려 주는 이 시간에 오롯이 집중했다. 그렇게 모두가 웃고 떠들고 있는 중에 갑자기 어디서 '위험해!'라는 소리가 들리기 시작했다. 난 주변을 돌아보았지만 그런 말을 한 사람은 없어 보였다. 잘못 들었겠거니 하면서 다시 즐거운 레크리에이션에 계속 집중하려는 찰나 다시 한번 나의 두 귀에 똑똑히 들려온 소리, '위험해!' 난 또다시 주위를 둘러보았으나 그런 말을 한 사람은 찾을 수 없었다. 살짝 오싹한 기분이 들기 시작했다. 그리고 잠시 뒤 똑같은 목소리가 또 들려왔다. 그 소리를 세 번째로 들었을 때 난 알 수 있었다. 바로 아버지의 목소리였다. 난 순간 너무도 복잡한 감정에 사로잡혔다. 두려움과 반가움이 교차했던 것이다. 그러나 그런 감정에 사로잡힌 것도 잠시, 이내 무대 쪽 벽이 큰 굉음을 내면서 학생들이 있는 쪽으로 쓰러지기 시작했다. 이를 본 그곳의 모든 학생들은 깜짝 놀라 무대 반대편 출입문을 향해 마구 내달리기 시작했고 건물 안은 어느새 아수라장이 되어 버렸다. 다행히 건물이 완전히 붕괴되기 전 대부분의 학생들이 탈출에 성공했다. 그런데 한 여학생이 그만 빠져나오지 못했다는 것을 뒤늦게 알게 되었다. 그 학생은 다리를 다쳤는지 쓰러진 채로 한쪽 다리를 움켜쥔 채, 전혀 움직이지 못하고 있었다. 나는 그녀를 구해야 한다는 생각이 머릿속에 스쳐 지나가며 다시 강당으로 내달렸다. 이때, 또 한번 나의 두 귀에 아버지의 목소리가 들려왔다.

"안 돼! 소희야! 안 돼!"

하지만 난 건물 안으로 들어갔다. 내 뒤로 한 선배가 따라 들어왔다. 버스에서 함께 노래를 불렀던 그 선배였다. 강당 건물은 한 번 더 굉음을 내더니 2차 붕괴가 일어났고 이번에는 완전히 무너져 내려 그대로 우리를 덮쳐 버렸다.

아직도 난 어두컴컴한 이곳에 갇혀 있다. 쌓여 있는 눈의 무게를 견디지 못하고 완전히 붕괴한 이 건물은 나를 무겁게 짓누르고 있다. 시간이 얼마나 흘렀을까? 처음에는 무척 고통스러웠으나 지금은 그다지 고통조차 느껴지지 않는다. 다만 점점 의식이 흐려지고 눈이 감기려 한다.

"소희야! 왜 아빠 말을 안 들어?"

"아빠? 아빠!"

"바보같이 울긴 왜 울어?"

"아빠, 미안해!"

"소희야! 넌 아직 이쪽으로 오면 안 돼. 거기에 있어!"

"싫어!"

"거기에 있으라니까?"

"싫어! 나 이제 아빠랑 있을 거야!"

아직은…

신준은 참으로 오랜만에 이 동네를 찾았다. 학창 시절을 보냈던 이곳. 벌써 10년도 더 된 일이다. 지금 신준은 서울에 있는 한 조그마한 무역 회사를 다니고 있었다. 정신없이 바쁘게 살던 신준은 며칠 뒤에 있을 아버지의 생신 때문에 얼마간의 휴가를 얻어 예전 살던 이 동네를 다시 찾은 것이다. 집으로 향하던 신준에게 누군가 말을 걸어왔다.

"야! 박신준!"

깜짝 놀란 신준은 소리가 나는 쪽을 돌아다보았다. 그곳에는 지효가 서 있었다. 지효도 무척이나 많이 변해 있었다. 이들이 다시 만난 것도 거의 10년만이었다. 지효는 웃으며 신준에게 다가오며 말했다.

아직은…

"어머! 정말 신준이 맞구나! 이게 얼마만이니? 긴가민가하다가 혹시나 해서 불러 보았는데… 정말 반갑다, 애!"

신준과 지효는 함께 찻집으로 들어와 있었다. 모락모락 올라오는 따뜻한 커피의 연기는 두 사람의 시간을 예전으로 되돌리는 마력이 있는 것 같았다.

"너, 꽤 멋있어졌는데?"

예전과 달리 남성미가 물씬 느껴지는 신준을 바라보며 지효가 웃으며 말했다.

"넌 변한 것 같으면서도 그대로인 것 같아."

신준은 특유의 수줍은 미소와 함께 지효에게 답했다.

"그거 칭찬인 거야?"

지효는 생긋 웃으며 '후룩' 소리를 내며 커피를 한 모금 들이켰다. 추억 여행을 떠나는 이들의 대화는 무척이나 즐거운 듯 이어졌다. 하지만, 피해갈 수 없는 이름, 은소희가 등장할 때가 되자 두 사람 모두 말을 아끼기 시작했다. 애써 소희의 이야기를 하지 않는 것도 이상하고 그렇다고 10년 만에 만난 두 사람이 숙제하는 기분으로 소희를 거론하는 것도 어딘가 부자연스럽게 느껴졌기 때문이다. 그렇게 둘은 반가우면서도 어색한 그런 기분을 느끼며 그저 각자의 커피만 마셔 댈 뿐이었다. 잠깐 동안의 침묵이 있은 뒤, 지효가 신준에게 물었다.

"너, 경은이 보러 갈래? 내가 일하고 있는 은행 건물 맞은편에 제과점이 생겼거든. 경은이 거기서 파티시에로 일하고 있어."

지효는 현재 은행에서 창구 직원으로 일하고 있었고 경은은 파티시에가 되어 빵집에서 일을 하고 있었다. 지효는 한마디 더 덧붙였다.

"경은이, 꽤 잘나가! 최근에 걔가 만든 쿠키가 이 동네에서 상당히 히트 쳤거든. 이름이 'BC쿠키'라는데 왜 그런 이름인지 나한테조차 절대 안 가르쳐주더라고."

예전에 경은이 빌려 준 와카타케 나나미의 책 속에 꽂혀 있던 엽서 뒤편에서 보았던 BC라는 단어!

신준은 왠지 그 이름이 '버터링 쿠키'에서 따왔을지도 모른다는 생각이 들었다.

학교 다닐 때만 해도 신준은 소희만을 바라봤기에 경은의 마음을 눈치 챌 여유를 갖지 못했다. 그렇게, 졸업을 하고서 몇 년의 시간이 흐르면서 조금씩 소희에 대한 기억이 옅어져가게 되었고 그제야 비로소 자신에게 있었던 많은 추억들을 객관적으로 돌아볼 수 있게 되었다. 그리고 신준은 뒤늦게, '어쩌면 경은이 자신을 좋아했던 게 아닐까?' 하는 생각에 이르게 된 것이다. 경은이 만들었다는 그 BC쿠키도 어쩌면 자신이 즐겨 먹었던 버터링 쿠키에서 그 이름을 땄을지도 모른다는 생각이 들었다.

엽서에 적혀 있던 '네게 다시 한번 받고 싶은 따뜻한 너의 BC' 라는 문장.

신준이 경은에게 버터링 쿠키를 건넸던 날, 한입 베어 물던 경은의 표정이 새삼 다시 떠오르는 신준이었다. 신준은 남아 있던 커피를 다 마시고는 지효를 향해 입을 열었다.

"경은이는 다음에 보도록 할게. 나 먼저 일어날게."

그리고는 이내 신준은 자리에서 일어나 지효를 남겨둔 채 천천히 커피집 밖으로 나왔다. 하지만 얼마 지나지 않아 뒤에서 지효의 목소리가 들려왔다.

"야! 박신준! 소희의 일은 너만 마음 아픈 게 아냐! 우리도 정말 슬펐다고! 하지만 그 일 때문에 우리가 마음 편히 이야기도 못하고 어색해하면 소희도 그런 건 아마 싫어할걸?"

신준은 지효를 돌아보았다. 지효는 혼잣말을 하듯 한마디 더 덧붙였다.

"경은이는 말이야…. 소희에게 방석을 준 일마저도 후회하고 있단 말이야."

지효의 마지막 말은 신준에게 들리지 않았다. 신준은 천천히 입을 열었다.

"나도 너와 생각이 같아. 단지 아직은 내 마음이 아무 일도 없는 것처럼 하는 게 내키지 않아서 말이야. 잠시만 내게 시간을 더 허락해 줘. 우리가 좀 더 편하게 웃으며 추억을 나눌 수 있게 될 때까지. 잠깐이면 돼."

이렇게 말한 신준은 다시 돌아서서 가던 방향으로 계속 걸었다. 하지만, 이내 신준은 멈춰 섰다. 그리고 다시 지효에게로 고개를 돌리며 외쳤다.

"지효야! 경은이가 일한다는 가게가 어디라고?"

가로수 그늘 아래 서면…

어느새 휴가는 모두 지나가고 신준은 서울로 돌아갈 채비를 했다. 그동안 경은을 만날지 말지를 한참 고민했다. 하지만, 아무래도 경은을 보는 것이 더 낫겠다는 쪽으로 생각이 기울었다. 그냥 서울로 돌아간다면 결국 후회를 남길 것만 같았기 때문이다. 지효가 알려 준 곳으로 향했다. 유리를 통해 가게 안이 훤히 보였다. 하지만, 아무리 살펴보아도 경은의 모습은 보이지가 않았다. 신준은 가게 안으로 들어가 카운터에 있는 직원에게 물어보았다.

"혹시, 여기 오경은 씨라는 분이 일하고 계신가요?"

카운터 직원은 신준의 말을 듣자마자 안쪽을 향해 외쳤다.

"경은 언니! 누가 찾아왔어!"

잠시 뒤 주방에서 흰 옷을 입은 여자가 바쁜 걸음으로 나오고 있었다. 경은이었다.

"경은아!"

신준은 자기도 모르게 경은의 이름을 불렀다.

"신준?"

경은은 뜻밖이라는 표정을 짓고 있었다. 아마 지효가 경은에게 신준을 만났다는 얘기를 하지 않은 듯했다. 두 사람은 한참 동안 아무 말 없이 서로의 눈을 바라보았다. 소리의 진동은 없었으나 많은 이야기가 오고갔다.

"나 아버지 생신 때문에 잠깐 왔었다가 오늘 다시 서울로 갈 예정이야. 가기 전에 너를 잠깐 보고 가려고 들렀어. 지효에게 들었거든. 네가 여기에 있다는 걸."

신준은 그렇게 말하고서는 경은의 표정을 살폈다. 그리고 다시 조심스레 물었다.

"잠깐 시간 되니?"

경은은 대답 대신 천천히 고개만을 끄덕였다.

신준과 경은은 익숙한 길을 함께 걸었다. 학창 시절 수없이 다녔던 길이다. 어떤 말부터 꺼내야 할지 몰랐던 두 사람은 아무 말 없이 그저 걷기만 했다. 얼마나 걸었을까? 갑자기 신준이 한쪽 손에 들고 있던 사무용 가방에서 무언가를 꺼냈다. 이어폰이었다.

"우리 음악이나 들을까?"

"무슨 노래?"

"들어 보면 알아!"

신준은 살짝 웃으며 답했다. 들고 있던 이어폰을 자신의 핸드폰에 꽂은 뒤 한쪽 스피커를 경은의 귀에 꽂아 주었다. 이어폰이 귀에 들어오는 순간 경은은 짙은 향기를 함께 느꼈다. 여름날, 짙푸른 녹음이 전하는 그 향기! 향기와 함께 소희의 모습이 경은의 뇌리를 스치고 지나가는 건 왜일까? 두 사람은 다시 함께 걷기 시작했다.

라일락 꽃 향기 맡으면
잊을 수 없는 기억에
햇살 가득 눈부신 슬픔 안고
버스 창가에 기대 우네

가로수 그늘 아래 서면…